Über den Autor:

Jahrgang 1974, Gebürtiger Bamberger, doch mittlerweile langjähriger Wahl-Thüringer. Pädagoge, Historiker und augenscheinlich auch als Autor unterwegs.

Meiner geliebten Frau gewidmet.

Claus Carl Jakob

Hortraub auf Gnomisch

Eine Fantasy-Parodie

tredition

ISBN: 978-3-384-03148-8 (Paperback)

Druck und Distribution im Auftrag des Autors:
tredition GmbH, Heinz-Beusen-Stieg 5, 22926 Ahrensburg, Germany

Inhaltsverzeichnis

Ein Halbling namens Wommel

Wommel gehörte zu den Leuten, denen man anbot, sie würden Berge von Gold erwerben können, wenn sie sich aufrafften und mit den Anwerbern kommen würden, und die dann „Nö" sagten. Wommel war nicht direkt faul und erst recht nicht lust- und interessenlos, geschweige denn unfähig in dem, was er so tat, aber er war schlau genug zu wissen, dass neun von zehn Burschen, die mit obengenannten Leuten mitgingen, kurz darauf in irgendeinem gottverlassenen Nest vermoderten – oder Schlimmeres! Das lag meist nicht an dem Burschen, sondern an der Unfähigkeit oder der Bosheit und Gier der Anwerber. Und der zehnte Bursche? Nun, der kam auch nicht zurück, aber von dem hieß es, er wäre nun so reich, dass er woanders als in diesem Bauernkaff, das Wommel seine Heimat nannte, zu leben vermochte. Ja, man konnte keinem mehr trauen. Wommel wusste das nur zu gut.

Wer aber war Wommel eigentlich und wo lag dieses „Bauernkaff"? Wommel war – und darauf war er irgendwie stolz, klang das doch ein bisschen nach „Abenteuer" - ein Halbling in der Diaspora; sein ganzes Dorf bestand aus Halblingen in der Diaspora, zumindest aus Sicht der sesshaften Halblinge im Ursprungsland, dem Feldland, wobei die allerdings nichts von ihren Vettern wussten. Es bestand nämlich kein Informationsfluss zwischen der einen und der anderen Partei. Das Dorf, in dem Wommel lebte, hieß Bombelroff und lag weit weg im Norden Samrocs, wie die Welt genannt wurde, im südlichen Teil der „Wîgheide". Zwischen diesem Teil der Welt und dem Feldland lagen das scheußliche Land „Nôrfaruth", in dem das Böse schlechthin hauste, und ein Sumpfland – zwei gute Gründe dafür, dass man keinen Kontakt miteinander hätte halten wollen, wenn man voneinander gewusst hätte. Gut, die Halblinge in der Diaspora wussten von ihren Verwandten im sonnigen, fruchtbaren

Süden. Doch man hatte sich eingerichtet, war stolz darauf, ein Auskommen in dieser unwirklichen Region zu haben; und auf den einen oder anderen Anführer der Diaspora-Halblinge war im Feldland ein Kopfgeld ausgesetzt. Es war also sehr gut, dass die im Süden nichts von diesem Dorf wussten. Man hätte sich nicht auch noch mit Kopfgeldjägern herumschlagen mögen, die sich nicht davor scheuten, gefährliche Reisen zu unternehmen, um Kopfgelder einzustreichen. Für so was gab es einen deftigen Gefahrenzuschlag und natürlich ein üppiges Spesenkonto.

Auf Wommel war kein Kopfgeld ausgesetzt, er war in dem Dorf auch geboren und kannte das Feldland gar nicht. Er war zwar das eine oder andere Mal mit dem Gesetz in Konflikt geraten, aber das kam von der behördlichen Willkür der ansässigen Büttel. Eindeutig! Ihn des Betrügens beim Hütchenspiel zu bezichtigen! Ausgerechnet ihn, den Ehrlichsten aller Hütchenspieler. Man hatte ihm doch noch nie Falschspiel nachweisen können; trotzdem war er mehrfach von der Wache verprügelt worden. Wenn die auch so dumm war, bei ihm Geld zu setzen. Wusste doch jeder, dass er der Geschickteste im Ort war. Aber Nein, alle waren sie so arrogant zu glauben, dass ihre Augen schneller wären als seine Hände. Selber schuld, konnte er nur immer wieder betonen. Solche Sprüche wollten den Verlierern freilich nicht gefallen. Ja, Wommel war geschickt mit den Händen und ungeschickt mit dem Mund. Im Moment lag er deshalb gerade in seinem Wohnloch und kühlte ein blaues Auge mit einem Eisbeutel. Und da klopfte es an seiner Haustüre.

Wommel murrte „Ja, ja, ich komm schon!", als das Klopfen heftiger wurde. Er raffte sich fluchend von seinem abgewetzten Sofa auf und wankte zur Tür, sich prompt den Schädel an einer an einer Schnur herabhängenden Gusseisenpfanne stoßend. Da hatte er sie also hingetan. Er hatte sie nicht gesehen, weil er die Augen zusammenkniff; durch das runde Fenster in der Südseite des Raums flutete grelles Sonnenlicht und Wommel hatte nicht nur ein blaues

8

Auge, sondern auch noch einen schlimmen Kater. Nach der „Befragung" durch die Wache – das Übliche: „Wie hast Du das gemacht?", „Wie konntest Du gewinnen?", „Wie hast Du uns betrogen?", „Gib uns unser Geld zurück!", „Was hast Du Dich nachts bei meiner Schwester rumgetrieben?" - hatte er sich mit Kumpels in der Dorfspelunke besoffen, um den Frust über die Ungerechtigkeit der Welt wegzuspülen. Er hatte zahlen können, denn er hatte ein paar der Münzen, die er redlich gewonnen hatte, vor der Behandlung durch die Wache runtergeschluckt. Dem Wirt hatte er selbstredend nichts davon gesagt, warum er zu Beginn des Zechabends so lange auf dem Klo gesessen war.

Wommel entfernte mürrisch die vier Riegel, die seine innen mit Schmiedeeisen verstärkte Haustür fest verschlossen hielten, und besann sich dann doch und spähte erst einmal durch das kleine Guckloch auf Augenhöhe. Er wischte sich über die Augen und spähte noch mal; aber es blieb dabei, er sah nur Grau, Grau, wohin das Auge blickte. Hatten die Schelme ein Tuch über das Guckloch gehängt, um ihn überwältigen zu können? Er ließ die Riegel rasch wieder einrasten und überlegte fieberhaft. Noch einmal die Wache? Unwahrscheinlich. Die Nachtwache, um die es sich gehandelt hatte, pennte nun sicher gerade in ihren, oder fremden Betten. Und mit der Tagwache hatte er momentan keine Scherereien. Der fette Umbel vielleicht? Dem schuldete er noch drei Silberbatzen. Doch der hätte nur geklopft, ohne weiteres Gedöns. Maximal noch unwillig gebrüllt und gegen die Tür getreten. Hinter der Tür war es aber gespenstisch still. Geradezu unheimlich! Die Halblinge von Bombelroff waren nicht dafür bekannt, dass sie leise waren – außer sie führten gerade irgendeine Dieberei durch. Die Hintertür! Wommel kam es blitzartig: Das musste es sein, man lenkte ihn hier vorne ab und stieg dann durch die Hintertür ein! Aber nicht mit ihm. Er hastete zu seinem Kleiderschrank, wobei er sich das linke Knie an einem Schemel anstieß, riss die Schranktür auf, wich dem herauspolternden Zinngeschirr aus und packte seinen an der Innenseite der Schranktür hängenden Stoßdolch. Den besaß er für genau solche Fälle.

Die Enttäuschung war groß, als an der Hintertür alles ruhig war; dafür wurde das Klopfen an der Vordertür noch stürmischer. Nun erschallte auch eine Stimme: „Hallo? Hallo, verdammt, ich weiß, dass Du da bist!" Der Halbling horchte auf. Es war eine Frauenstimme! Wommel phantasierte sich diverse schmutzige Einzelheiten zusammen. So herrisch, so stark, die stand sicher auf Fesselspiele! Seine Kopfschmerzen waren wie weggeblasen. Aber kannte er die Stimme? „Machst Du jetzt auf, Knülch? Muss ich hier stundenlang in der Mittagshitze herumstehen?" „Nein, Schätzchen!" grinste er innerlich. „Und wenn Dir heiß ist, kannst Du innen gleich ablegen." Er rammte den Dolch in die Schranktür und huschte diesmal ohne anzustoßen zur Vordertüre zurück. Die Riegel waren rasch geöffnet und die Haustür aufgerissen und – er prallte zurück. „Holla, welch Frau!" Er starrte auf einen in einer grauen Robe steckenden Unterleib und musste den praktisch halslosen Kopf in den Nacken drücken, um an ihr hinaufblicken zu können. „Netter Bu..., äh, Hallo!" stotterte er; und schämte sich sogleich ob seiner mangelnden Contenance.

Vor seiner Erdhöhle stand eine hochgewachsene Menschenfrau undefinierbaren Alters – vom Aussehen nach wohl Mitte der Dreißig einzuordnen – mit wallendem weißblondem Haar, welches teilweise aber von einem mausgrauen Schlapphut verdeckt war. In ihrer Rechten hielt sie einen komisch gezwirbelten Holzstab, an dessen oberem Ende ein milchig-weißer Stein eingearbeitet war. „Nicht viel wert." taxierte Wommel ihn automatisch. „Was hast Du gesagt?" fragte die fremde Grauberobte, mit hochgezogener Augenbraue. „Ach nichts." säuselte er. „Herzlich willkommen."

Kurz darauf saß sie, mit eingezogenem Kopf, auf besagtem Schemel, über den Wommel sonst zu stolpern pflegte, in der rechten

Hand nunmehr anstelle des Stabes einen Zinnbecher voll bitter riechender Flüssigkeit, welche der Halbling als „Bumbelmost" angepriesen hatte. Am Rande bemerkt sein bester Stoff, aber das wollte nichts heißen. Wommel war im Ort nicht als Feinschmecker bekannt. „Und?" sprach er als Erster, nachdem die Frau beharrlich schwieg und ihn und seine Bude nur mit komischem Blick musterte. „Was läuft jetzt? Ich mein", fügte er hinzu, als sie noch immer nichts sagte, „Du willst doch was, das ist klar. Und was will man vom alten Wommel?" Er zwinkerte eindeutig; ihre graublauen Augen weiteten sich. „Außerdem bin ich ein Kenner der hiesigen Gastronomie und kann auch als Führer zu den angesagtesten Wettbüros dienen." ergänzte er vorsichtig. Ihr Unwillen war ihm nicht verborgen geblieben. „Hast Du Deinen Rest Verstand versoffen?" Oh ja, sie war wirklich unwillig. „Du kennst mich! Ich bin Ganêra, Freundin Deines Volkes und gerngesehener Gast. Wir haben schon mehrfach zusammen gefeiert." Verflucht, ja. Wie hatte er *das* vergessen können? Er schob das auf seinen latent immer noch vorhandenen Kater und die Schläge gegen den Kopf, die er vor wenigen Stunden erhalten hatte. „Ja, äh, Ganêra, die, äh, Zauberin!" Sie nickte. Es hätte gebieterischer gewirkt, wenn sie dazu aufrecht gestanden oder auch nur so gesessen hätte. Dem Halbling war nun freilich bewusst, mit wem er es zu tun hatte. „Ich schulde Dir doch nicht noch Geld?" flüsterte Wommel dementsprechend nervös. Sie verneinte trocken. „Ich will gleich zur Sache kommen." meinte sie, den Krug dabei auf den gestampften Lehmboden stellend, ohne zuvor auch nur einen Schluck getrunken zu haben. Der Halbling war gespannt. „Ich weiß, dass das Wort Arbeit für Dich unschön ist." sagte sie, was Wommels Gesichtszüge absacken ließ. „Dennoch habe ich für Dich ein Angebot, bei dem es um Reichtum und großartige Erfahrungen geht." „Na toll." lachte Wommel hohl auf. „Ein Sarg aus purem Silber und die Erfahrung, zuvor ermordet worden zu sein." „Ich kenne Dich und mir war klar, dass Dich das niemals reizen wird." Sie wollte sich zurücklehnen, unterließ das jedoch sofort, als sie sich den Kopf anzustoßen drohte. „Daher habe ich auch so meine Vorkehrungen getroffen." Ganêra drehte leicht den Kopf. „Freunde? Jetzt!"

Wommel hatte noch nie zuvor so viele Gnome am Stück gesehen – in seinem Wohnzimmer. Er war in der Tat noch nicht nüchtern, sonst hätte er frühzeitig gemerkt, dass sich eine Bande Gnome außerhalb seiner Wohnhöhle versteckt hatte. Diese Bande war überraschend überfallartig und koordiniert in sein Haus gestürmt, kaum, dass das Wort „jetzt" verklungen war; er hatte vor lauter Erregtheit über den weiblichen Gast doch glatt vergessen, die Haustür wieder abzusperren. Schon wollte ihm der erste Gnom seine Faust gegen den Schädel schmettern, aber nicht mit Wommel! Egal, wieviel Alkohol er im Blut hatte, eine Schlägerei konnte er jederzeit führen, erst recht, wenn die Gegner kleiner waren als er, und das waren die Eindringlinge. Er wich dem Hieb aus und donnerte dem Angreifer seinerseits die Faust gegen das bebartete Kinn, dass der Gnom rückwärts torkelte. Nun nahm Wommel Boxerstellung ein, das linke Bein vorgestellt und die Fäuste angehoben. „Kommt nur, Ihr Pimpfe!"

Die Gnome hatten die Schwierigkeit, dass sie in dem Halblingwohnzimmer wenig Platz zum Manövrieren hatten, insbesondere, weil die Zauberin mittendrin saß und ihrerseits nicht eingriff. Außerdem stand allerlei Gerümpel herum, das Wommel für seine Einrichtungsgegenstände hielt. Der Halbling dagegen war in der Lage sich in dem Tohuwabohu erstaunlich sicher zu bewegen, wenn es nötig war. Dennoch musste es kommen, wie es kommen musste: Nach langer, harter Keilerei, bei der zwei Gnome Zähne verloren und einem der spitze Kinnbart mit Hilfe einer Kerze angesengt wurde, gelang es einem der Gnome, Wommel die erwähnte Gusseisenpfanne über den Hinterkopf zu ziehen, mit viel Wucht und Begeisterung. Denn das war der Gnom, dem der Bart angesengt war, und dies fand kein Gnom lustig – sie waren in der Beziehung ähnlich engstirnig wie Zwerge. Wommel ging ins Reich der Träume ein und die Gnome konnten wieder ihre Knochen ordnen. Vor allem aber den Plan in die Tat umsetzen, den die Zauberin geschmiedet hatte. Zum Leidwesen des Halblings.

In Gnomendienste gepresst

Die Kopfschmerzen zuvor waren nichts gegen die, die Wommel empfand, als er aus der Bewusstlosigkeit wieder erwachte. Und nicht nur das, er fand sich außerdem in einem Sack wieder, der oben zugebunden war. Er war gefangen, entführt?! Wommel tat, was ein Halbling aus Bombelroff in so einer Situation tat, er fing zu treten und zu schreien an. Das zeigte umgehend Wirkung. „Er ist wach." hörte er eine kratzende Stimme. „Wird auch Zeit, müssen wir ihn nicht mehr schleppen." eine zweite. Das waren unzweifelhaft Gnome, die so sprachen. „Ihr werdet alle am Galgen enden, mich gefangen zu nehmen!" brüllte der Eingesackte und unterstrich dies durch strampeln und zappeln. „Wir haben jetzt schon Angst." hörte er einen dritten Sprecher. „Wozu brauchen wir ihn noch?" ließ wieder der zweite von sich hören, was aber keiner beantwortete. Stattdessen vernahm man die wohlklingende Zauberinnenstimme: „Ich denke, Ihr hattet Eueren Spaß. Lasst ihn nun aus dem Kartoffelsack raus."
Wommel hatte nur auf die Gelegenheit gewartet, sich bitter zu rächen. Kaum wurde das Seil um das Sackende gelöst, griff er sich die Beine dessen, der ihn „befreite", und riss ihn mit einem Ruck um, dass der Gnom – ein solcher war es wie erwartet – schmerzhaft auf die Nase fiel. Sein Hilfeschrei animierte seine Kumpane wie wild auf den immer noch im Sack steckenden Halbling einzutreten und ihn übelst zu schmähen, bis dieser aufgab und vom Wimmernden

abließ. „So, genug gespielt." sagte die Zauberin gelangweilt. Das ganze kleine Volk ging ihr manchmal gehörig auf den Geist, und das schloss Gnome, Halblinge und hin und wieder auch Zwerge ein. Wobei letztere wenigstens nicht so kindisch waren. Wommel zwängte sich aus dem Kartoffelsack, dabei das dem Schmerz angemessene Ächzen und Stöhnen noch etwas theatralisch übertreibend. Sein Stöhnen wurde vollends echt, als er seine Umgebung erblickte: Weit und breit keine Halblinghöhle, ja auch sonst nichts Bekanntes! „Wohin habt Ihr mich verschleppt?" brauste er zornig auf – und auch ein wenig ängstlich. „Och, bloß..." brabbelte einer der Gnome, den auf der Stelle ein anderer unterbrach: „Weit, weit fort! Keine Chance für Dich, wieder heimzufinden!" „Moment", überlegte der gepeinigte Halbling, sich die Seite reibend, wo ihn besonders viele Gnomentritte getroffen hatten, „ist das hier nicht die Marktstraße nach Fumbelpremm? Dann liegt hinter dieser Biegung dort, gleich hinter dem Hügelchen das Rasthaus „Zur Großen Zwiebel", wo es das verwässertste Dünnbier diesseits der..." „Wie auch immer." meinte Ganêra hektisch. „Du bist in unserer Gewalt und wirst tun, was wir Dir sagen! Wenn Du gehorchst, wirst Du reich und berühmt, versprochen!" Wommel setzte sich auf. „Reich ist ja in Ordnung, aber bitte nicht reich *und* berühmt! In dem Fall hat man nicht lange was von seinem Reichtum, ich mein, wenn jeder Dahergelaufene weiß, dass man reich ist." „Also willst Du gehorchen?" fragte die Zauberin, die Linke in die Hüfte gestemmt und in der anderen den obligatorischen Zauberstab. „Selbstverständlich." sprach der Halbling; er stand betont mühsam auf und rannte plötzlich wie vom Bogen geschossen los, Richtung Hügel. Da hörte er die Menschenfrau etwas murmeln, und seine Beine quittierten unvermutet ihren Dienst, wodurch er abrupt nach vorne in den Dreck geschleudert wurde. „Autsch!" keuchte er. Im nächsten Moment erfasste ihn allerdings Panik. Sie hatte ihn verzaubert, das Luder! „Hexe!" kreischte er und: „Feiger Zauber! Na warte." Wommel versuchte aufzustehen und als das aufgrund einer Taubheit in seinen Beinen nicht gelingen wollte, klaubte er umherliegende Steinchen und Erdklumpen zusammen und warf sie ungelenk nach Ganêra, die ihn nicht hinderte. „Sollen wir ihn wieder zusammenstiefeln?" bot einer der Gnome hilfsbereit an, doch die Frau winkte ab. „Die Erkenntnis, dass er uns – mir – ausgeliefert ist, wird seinem Spatzenhirn auch noch kommen. Soll er ruhig noch etwas lamentieren, er wird sich beruhigen. Beruhigen müssen."

Etwa vierzig Minuten später war es soweit, Wommel fügte sich in sein Schicksal. Sein Geschimpfe erstarb und er lag nur noch still auf seinem staubigen Platz. Die Gnome packten ihre Brotzeiten, beziehungsweise was davon noch übrig war, wieder in ihre unförmigen Lederrucksäcke und der eine oder andere fügte noch ein sattes Rülpsen hinzu. Auch die Zauberin, die derweil Zaubersprüche memoriert hatte, wandte sich ihm wieder zu. „Ausdauer hast Du." kommentierte sie lächelnd; und zu den Gnomen gewandt: „Wie ich es Euch versprochen habe." Die nickten anerkennend. „Und Schimpfwörter kennt er!" entfuhr es einem davon, der vom Gehörten hin und weg war. Den Halbling berührten solche Lobreden nicht, er fühlte sich elend und hilflos – und seinen Kopfschmerzen hatte das Gezeter auch nicht gutgetan. „Gib mir meine Beine wieder frei!" schrie er auf einmal, dass alle bis auf Ganêra zusammenzuckten. „Du wirst nicht wieder zu fliehen versuchen?" „Heute nicht mehr!" wimmerte der Liegende. „Für heut is es genug!" „Und wenn Du´s doch tust", knurrte ein Gnom martialisch, „machst Du Bekanntschaft mit Willi!" Wobei er ein dünnes Wurfmesser aus seinem linken Stiefel zog und in den Händen wog. Wommel merkte mit Kennerblick, dass es perfekt ausbalanciert war. Soweit war es gekommen – er musste sich von Gnomen schmähen und einschüchtern lassen. Von Gnomen! Er hatte keine Wahl; und schuld war die bösartige Zauberin. Kein Wunder, dass die Priester der

Menschenstädte solche Gestalten auf die Scheiterhaufen schickten!
„Ich füge mich." wisperte er.

Der Lähmungszauber war rasch aufgehoben und der Halbling war
äußerst froh, dass er sich wieder wie zuvor bewegen konnte. Er
setzte sich auf und die anderen gesellten sich zu ihm, als wäre nichts
gewesen. Nur sie, die Gefürchtete, blieb stehen, bereit, ihn wieder
auszuschalten, sollte die Notwendigkeit dazu bestehen. Dessen war
er sich im Klaren. Folglich machte er gute Miene zum bösen Spiel.
Irgendwann würde sie sich auch mal Schlafen legen und dann...
Vorerst aber nahm er das Schwarzbrot, das ihm einer der Gnome
reichte, und auch den würzigen Hartkäse und den Wasserschlauch.
Der ganze Trubel hatte ihn hungrig und durstig gemacht – die letzte
Mahlzeit lag auch bereits allzu lange zurück. Während er kaute,
verneigte sich einer der Gnome, der als einziger ein Rüstungsteil
trug, ein kurzes Kettenhemdchen, welches nur seine Wampe be-
deckte. Und in seinem Gürtel steckte ein Langdolch, den Wommel
als „Ochsenzunge" identifizierte, keine Waffe, wie man sie in diesen Breiten häufig zu Gesicht bekam. Wommel hatte mal einen Fo-
lianten über Waffen angeschaut, der hübsch gemalten Bilder wegen, das einzige Buch, das sich in der sogenannten Bibliothek von
Bombelroff nicht um das Schnapsbrennen und Bierbrauen drehte.
Und Wommel hatte ein gutes Gedächtnis, wenn ihn etwas interes-
sierte. Der Halbling unterbrach sein Kauen. „Und? Was is jetzt? Ent-
schuldigt Ihr Euch nun?" Der Gnom lachte schallend. „Also nicht."
meinte Ersterer nur und aß weiter. „Ich wollte mich und meine
Jungs vorstellen." sprach der Gnom, noch immer lachend. „Ich bin
Mölf, der Starke." Mölf wartete auf eine Reaktion des Halblings,
etwa ein beeindrucktes Aufschauen, als aber keine sichtbare Reaktion folgte, fuhr er, nicht mehr lachend, mit der Vorstellung fort.
„Das dort ist Urps, der Dicke, das Mürbel, der Aufrechte, jener da
wird Ambrasuriel, der strahlende Stern des Nordens, geheißen und
dies sind die Zwillinge Gröm und Grauda, noch zu jung für

Beinamen." „Ihr seht nicht wie Zwillinge aus." meinte Wommel ohne aufzusehen. „Zweieiig." sagten beide gleichzeitig. Der Halbling schluckte sein Brot runter und murmelte: „Und nun wirst Du mir gleich erzählen, dass Du ein verbannter König bist, der mit meiner Hilfe auf den Thron zurückkehren will, Mölf." „Häh, Du bist n König?" entfuhr es Ambrasuriel, der dafür einen Ellbogenstoß von Urps kassierte. Mölf lachte wieder. „Mitnichten, so etwas würde ich mir nie anmaßen. Ich bin nur ein gütiger und gerechter Hauptmann." „Ein Räuberhauptmann wohl." dachte sich der Halbling, schwieg aber dazu. „Der Hauptmann möchte Dich als, sagen wir mal, Kundschafter und Beschaffer engagieren." mischte sich die Zauberin ein, der alles viel zu langsam voranging. Sie hatte ihre eigenen Gründe, den Gnomen zu helfen, und wenig Lust, Zeit dabei zu verplempern. „Beschaffer, soso." grinste Wommel schelmisch. „Und ich hatte immer gedacht, das Volk der Gnome brächte die besten Langfinger hervor?" „Sicher", platzte es aus Ambrasuriel heraus, „aber wozu Gnomenblut verschwenden, wenn..." Der Ellbogenknuff fiel diesmal deutlich härter aus, dass dem schwer Geknufften die Luft durch die Zähne entwich. „Jeder weiß, dass Du der Beste bist!" versuchte Mölf zu retten, was noch zu retten war, einen äußerst eindringlichen Blick auf den Schwätzer werfend. „Das weiß keiner." warf Wommel ein. „Ich wurde nämlich noch nie rechtskräftig verurteilt!" Er nahm einen Schluck Wasser. „Keiner weiß was von meinen Geschäften!" Um dann sofort anzufügen: „Ich mache ja auch keine krummen Geschäfte." „Schade", sagte Mürbel, „wenn dem so ist, müssen wir Dich nun abstechen, Du weißt zu viel."

Dem Halbling wäre Essen aus dem Mund gefallen, hätte er nicht schon längst alles hinuntergeschlungen. „Ihr habt doch noch gar nichts erzählt!" keuchte er entsetzt. Schon hatten Mürbel, Gröm und Grauda Messer in den Händen. Das war etwas anderes als eine zünftige Schlägerei! „Halt!" donnerte da Ganêra, der es jetzt vollends zu viel wurde. Diesen Gnom-Bastarden war alles zuzutrauen, wenn sie nicht eingriff, floss noch tatsächlich Blut. „Mürbel", zischte sie in einschüchterndem Ton, „muss ich erst wieder den fiesen Zauber anwenden? Du weißt schon, welchen." Mürbel schluckte und fasste sich unwillkürlich zwischen die Beine. Das Messer entfiel ihm dabei. „Und Ihr, Zwillinge, habt auch noch nicht dazugelernt, wie?" Beide warfen blitzartig die Klingen weg, weit weg vom Halbling und der Zauberin, dass dies auch wirklich nicht misszuverstehen war. „Alles klar, Chefin!" sprachen beide unterwürfig und katzbuckelten furchtsam. „Nachdem das geklärt ist, können wir wie echte, äh, ja, können wir zum Punkt kommen." Sie blickte sich gestrengen Blickes um, ob es weiteres Aufmucken gab, was natürlich nicht der Fall war.

Alle, wiederum bis auf die Frau, setzten sich wieder, mehr oder weniger einen Sitzkreis bildend. „Der Hauptmann möchte, dass Du für ihn einen Gegenstand stiehlst, der seinem Vater gehört hatte und der diesem unrechtmäßig geraubt worden war." Wommel dachte nach. „Warum bringst Du die Sache dann nicht vor Gericht und klagst den Räuber an?" „Einen Drachen anklagen?" Fünf Gnomenaugenpaare spießten Ambrasuriel mit ihren Blicken auf, indes dem Halbling das Herz in die Hose rutschte. „Ein Drache? Ein waschechter DRACHE? Es ist kein Spitzname? Es geht nicht um den Gnom Mörpf, der Drache, oder so? EIN DRACHE? Seid Ihr wahnsinnig?" „Immer locker bleiben." suchte der Hauptmann den entsetzt Stammelnden zu beruhigen. „Verrückt!" flüsterte Wommel. „Wahnsinnig. Total wahnsinnig!"

Pause; einzig der strenge Nordostwind wehte geräuschvoll, am Horizont düstere Wolken vor sich hertreibend, was dem Halbling wie ein schlechtes Omen dünkte. Waren die alten Eichen am Wegrand schon immer so knorrig grimmig gewesen, wie hässliche Skulpturen eines WAHNSINNIGEN? „Verrückt, wahnsinnig." fing er wieder an. Ganêra überlegte, ihn mit einem Zauber ruhigzustellen, sah jedoch davon ab. Wie recht er doch hatte; andererseits – aus ihrer Sicht war es nicht verrückt und wahnsinnig. Wenn er vom Drachen erwischt würde, wäre sie auf keinen Fall in der Schusslinie, so oder so. Sie ging sogar davon aus, dass er erwischt wurde. Welchem Drachen vermochte man schon etwas aus seinem *Hort* zu stehlen? Dann hieß es „Leb wohl, Wommel", oder schlicht „Flamm". Ja, der Knirps würde tot sein, bevor er noch gewisse Zusammenhänge ausgeplaudert haben würde. Drachen reagierten sehr spontan und wenig überlegt, wenn man sie beklaute. Wenn die Gnomengruppe Glück hatte, überlebte sie sogar, dann freilich ohne Schatz. Sie, Ganêra, hatte in jedem Fall ihr Soll erfüllt, wenn sie die Gruppe erfolgreich zum „Stinkenden Berg" eskortiert hatte, wo der Drache, der im übrigen „Bararuffkarniebel" genannt wurde, oder kurz „Baruff", seit Urzeiten – mindestens aber seitdem er die dortigen Zwerge vertrieben oder verspeist hatte – hauste. Tja, eines hatte die Zauberin bei der Sache gelernt, schließ niemals einen Vertrag mit einem Gnomen ab, ohne das Kleingedruckte zu lesen. Und besiegele vor allem nichts mit dem eigenen Blut!

„Verrückt. Vollkommen wahnsinnig." Ah, eine Textänderung. Es schien so, dass Wommel in Kürze wieder ansprechbar war. Sie versuchte es einfach. „Es wurde schon einmal gemacht. Es steht so geschrieben." „In einem Kindermärchen!" ereiferte sich der Halbling. „Ein Märchen über einen kleinen Hobbit. Hobbit – diese Bezeichnung allein sagt doch alles! Wir sind das Volk der Brunschpolberter. *Das* ist ein ehrbarer Name. Hobbit, pah." Es hätte nicht viel gefehlt und er hätte ausgespuckt vor Verachtung. „Nein", verbesserte ihn die Graugewandete ruhig, „es gibt auch eine Sage darüber und an Sagen ist immer ein Stück wahr." „Märchen, Sagen, alles Mumpitz! Wach auf und hör auf, an solche Geschichten zu glauben." Ganêra konnte nicht anders als schmunzeln. „Drachen, Schätze – Magie. Alles Märchen?" Sie ließ, wie nebenbei, den Stein in ihrem Stab unheilvoll rot aufglühen. Wommel hüstelte. „Äh, das gibt es alles, keine Frage. Aber ich bitte Dich, einen erfolgreichen Hortdiebstahl? Lächerlich!"

Die Zauberin war mit sich zufrieden; sie hatte die Debatte auf eine quasi sachliche Ebene gehoben. Kein Gestammel mehr von wegen „verrückt" und „wahnsinnig". Die Erwähnung des „Geschrie-benen" musste den Halbling aus seinen Ängsten reißen. Jeder Halbling kannte diese Geschichte – und jeder gestandene Halbling lachte darüber. Ein Märchen, wie gesagt. Und was die sogenannte „Sage" betraf, dies hatte die Zauberin erfunden. Auch sie war in der Lage spontan zu sein.

„Sieh mal", ließ der Hauptmann seine Stimme hören, „wir verbleiben einfach folgendermaßen: Du begleitest uns zum Zielort und wenn Du dort siehst, dass die Sache nicht läuft, drücken wir Dir ohne zu zögern einen, äh, sicherlich eindrucksvollen Beutel Silberbatzen in die Hand und Du kannst gehen. Ganz ohne Leistung." Ganz ohne Leistung? Waren die Gnome so blöd? Die Sache musste einen Haken haben! „Und ich sehe erst, dass es nicht läuft, wenn der Drache auf mich herabschaut und tief einatmet?" dachte er laut nach. „Aber, aber." griente Mölf. „Wenn Du die Sache von *außen* zur Genüge betrachtet und durchdacht hast und sich dann kein Weg des Erfolgs zeigt. Wenn Du gut bist, hat der Drache da noch gar nichts mitbekommen." Doch Wommel war weiter skeptisch. „Wo ist Euer Gewinn dabei? Mal ehrlich, Ihr bezahlt mich doch nicht, damit ich mir das anschaue. Insbesondere, wo ich keineswegs ein Fachmann für Drachenhorte bin!" „Sie glauben", schaltete sich Ganêra ein, „dass Dich das Jagdfieber oder so packt, wenn Du erst mal Witterung vom Schatz aufgenommen hast. Du wirst nicht widerstehen können, es zu versuchen, meinen sie." „Und Du?" fragte der Halbling spitzzüngig. „Bist Du auch so dumm?" „Wie Du werde ich bezahlt." meinte sie anstelle einer echten Antwort. „Also zahlen die Gnome *wahrhaftig*?" Mölf brauste auf: „He, zweifelst Du an unserer Ehre?" „Putzig." kam es der Frau. Wommel fand das weniger putzig, wie sich der Kerl echauffierte. „Wer Leute entführt, ist zu allem fähig." Mölf ballte die Fäuste und seine Jungs tasteten nach verborgenen Waffen. Klein und gemein war nicht umsonst ihr Motto. Das war der Moment, in dem der Zauberin endgültig der Kragen platzte. „Passt auf, Ihr kleinen Arschlöcher, ich habe mich verpflichtet, Euch einen Dummen zu besorgen, der für Euch die Kohlen aus dem Feuer holt und ich habe mich verpflichtet, Euch zu besagtem Berg zu eskortieren. Ich habe nirgendwo unterschrieben, *in welchem Zustand*! Haben wir uns verstanden?" Dass sie während dieser Worte ihre Augen Flammen versprühen ließ und ihre Stimmlage um einiges tiefer und schallender klang, half ihr, überzeugend zu wirken. „Weitere Fragen, Anregungen, Wünsche?" säuselte sie, wieder ganz die Nette von nebenan. Sieben Köpfe wurden eifrigst geschüttelt. „Heidernei!" sagte Ambrasuriel, der sich für keinen Kommentar zu schade war.

„So steh ich jetzt folglich in Eueren Diensten." näselte Wommel, der langsam Gefallen an der Sache fand – und dessen Kopfschmerzen nachließen. Er wusste auch wahrlich wenig von der Welt und noch weniger über die Gefahren dieser. „Wenn dem so ist", lachte er, „holt doch gleich mal die Kutsche, mit der wir zu diesem Drachenberg fahren werden."

Die elfischen Beutelschneider

Eine Stunde später fluchte Wommel immer noch. „Zu Fuß laufen, Hundsverreck!" Fröhliche Wandersleute hätte die Natur, die sie umgab, sicherlich erquickt, mit ihren sanft wogenden Blütenwiesen, den schattigen Birkenwäldchen und den friedlichen Teichen, über denen bunte Libellen surrten. Nicht so den schmollenden Halbling und die nicht minder ärgerlichen Gnome; beide freilich aus unterschiedlichen Motiven ärgerlich. Die Einzige, der man nichts anmerkte, war die Zauberin. Sie war zufrieden damit, dass es endlich überhaupt voranging. Hellhörig wurde sie, als Wommel sich wehleidig beklagte, er habe bereits Blasen an den Füßen. Sie gesellte sich neben ihn und schaute auf ihn hinab. „Ich war der Ansicht, Halblinge hätten strapazierfähige Fußsohlen und liefen daher immer barfuß, selbst im Schnee." Der Angesprochene zog eine Schnute. „Schon mal davon gehört, dass stabiles Schuhwerk sündhaft teuer ist? Ich finde es immer wieder erschreckend, wie angeblich gebildete Personen Märchen und reelles Leben durcheinanderschmeißen!" Im Hintergrund lachten die Gnome hämisch, aber Wommel ignorierte sie. Er blieb stehen und hob seinen rechten Fuß, der auf jeden Fall ziemlich groß, schmutzig und auf der Oberfläche leidlich behaart war. Doch wahrlich – an seiner Unterseite zeigten sich Blasen. „Psychosomatisch." dachte die Zauberin. Egal, was der Grund war, so konnte es nicht weitergehen. Und sie hatte sich soeben noch gefreut... Überhaupt, wie die Jungs allesamt gekleidet und „ausgerüstet" waren! Oder besser *nicht* ausgerüstet waren. Wommel hatte bloß eine braune Kniebundhose aus grobem Stoff an, eine ärmellose weiß-gelbliche Weste, an der ein Knopf fehlte – ärmellos vielleicht deshalb, damit man die Tätowierung an seinem linken Oberarm sah, welche den unbekleideten Oberkörper einer Halbling-„Dame" darstellte -, ein Halstuch von ausgewaschenem Rot – und sonst nichts bei sich. War er doch praktisch direkt vom Sofa weg gekidnappt worden. Bei den Gnomen, die immerhin seit geraumer Zeit wussten, was Sache ist, sah es nur unbedeutend besser aus. Freilich, alle waren sie mehr oder weniger gut bewaffnet, der dicke Urps – der gar nicht besonders dick war – sogar mit einem Zwergenstreitkolben, den er beidhändig zu schwingen wusste, aber da hörte es dann bereits auf. Ja, Stiefel trugen sie auch alle, sogar besonders weiche und biegsame, die beim Schleichen kaum Geräusche machten, zudem besaßen sie neben dunkelgrünen Hosen und wollener ebenso dunkelgrüner Oberkleidung auch noch für Wanderer in solchen Gegenden obligatorische Kapuzenmäntel in Feldgrau, recht stabile Ledergürtel, mit denen man auch Gefangene fesseln konnte, wenn man in Kauf nahm, dass die Hose rutschte, und zu guter Letzt die bereits angesprochenen Lederrucksäcke, mit denen sich kein Schönheitswettbewerb gewinnen ließ, die aber weitgehend wasserdicht und praktisch waren. Also alles in allem gar nicht schlecht, zog man zudem heran, dass sie bis vor kurzem sogar noch Reiseproviant besessen hatten – und Mölf sein Kettenhemd, das soll auch nicht vergessen werden. Ach, was redete sie. Nur der Halbling brauchte neues Zeug, die anderen sollten gefälligst selber sehen, wie sie zurechtkamen. War sie ihre Amme?

„Dieses Fumbelpremm, gibt es dort einen Markt?" „Ey freilich." sprach der Halbling mit einem Anflug von Freude. „Und nicht nur das, auch diverse überregional berühmte Wirtshäuser, in denen..." „Nur der Markt ist von Interesse." brach sie seinen Redefluss ab. Sie atmete tief durch. „Fakt ist, dass Ihr so, wie Ihr ausseht, nicht auf Reisen gehen könnt." „Wie, sollen wir uns waschen?" entwich es einem entsetzten Ambrasuriel. Urps gab ihm einem schmerzhaften Klaps auf den Hinterkopf. „Einkaufen." sagte die Zauberin; keiner hatte den mahnenden Unterton überhört. Die Betonung lag auf „kaufen". „Und weil es in Fumbelpremm sicher einen Tempel des Sonnen- und Mondgottes Hûcsgâr gibt, voller fanatischer Kleriker, werde ich vor den Stadttoren auf Euch warten." Zauberei war in dieser theoretisch rauen Gegend zwar nicht verboten, aber sicher war sicher. Außerdem wollte Ganêra so wenig wie möglich mit dieser Truppe in der Öffentlichkeit gesehen werden. „Wir sind auf uns allein gestellt?" meinte Mölf mit großen Augen. „Können machen, was wir wollen? Perfekt!"

Ganêra wollte sich nicht ausmalen, was die Gnome so alles trieben; sie setzte sich zur eigenen Beruhigung und zur Kraftsammlung unter eine gewaltige Buche, die am Wegesrand stand – die

Bezeichnung Straße wäre für den Feldweg übertrieben gewesen - und meditierte. Derweil stapfte das nunmehr fröhliche Volk munter gen Fumbelpremm. Wommel kannte es vom Hörensagen, er selbst war noch nie in einem der Nachbarorte seines Heimatortes gewesen. Wozu auch, hatte er in seinem bisher ein gutes Auskommen gehabt.

Fumbelpremm, die strahlende Metropole, Hort der Weisheit, Quelle des Reichtums – etwa zweihundert windschiefe Fachwerkhäuser mit gammeligen Strohdächern, ein kleines, allerdings trutziges Steinhaus am Markt, das wohl als Rathaus, Gericht und Rückzugsort des Magistrats vor dem Pöbel diente, ein provisorischer Tempel – ein Fachwerkhaus, über dessen Eingang man eine kupferne Sonnenscheibe als heiliges Symbol genagelt hatte -, ein zentraler stark frequentierter Marktplatz voller Buden und Zelte, und alles von einer dicken, hohen Holzpalisade umgeben, die im Gegensatz zu den Häusern extrem widerstandsfähig war, wie unschwer erkannt werden konnte. Das Alles vermochte die Reisegruppe von ihrem Standpunkt aus zu überblicken, einem Hügel vor der „Stadt". Das und eine Gruppe hünenhafter bärtiger Menschen vor dem Stadttor, eindeutig Stadtwachen, in speckigen Lederpanzern und mit Kriegssensen und Breitschwertern. Jeder von denen konnte mit an Sicherheit grenzender Wahrscheinlichkeit einen der 90cm-Gnome locker am Schlafittchen hochheben und weit, sehr weit werfen. Die Gnome hätten es nie zugegeben, aber ihnen wurde durchaus mulmig zumute. Wommel dagegen lief lustig pfeifend los, den Hügel hinab. Der Gnomtrupp folgte ihm zögerlich und verwundert.

„Schöner Tag heute." hörten sie Wommel am Tor zum Größten der Wächter sagen. „Lizensierter Hütchenspieler aus Bombelroff und das sind meine Leibwächter, die „Tödlichen Sechs". „Sie sollten nicht zu tödlich sein", grunzte der Riesenhafte, „auf Totschlag steht bei uns bekanntlich die Vierteilung." Die Wachen starrten drohend auf die Ankömmlinge herab, die dadurch noch kleiner wurden. Unerwartet grinste der Wortführer der Männer übers ganze Gesicht, klopfte dem Halbling auf die Schulter und sprach: „Wommel, alter Freund, na, willst Du wieder Geld an mich verlieren? Keiner ist so scharfsichtig, wie der alte Knut!" Die Gnome gafften mit weitgeöffneten Mäulern, als der Hütchenspieler dem Mann daraufhin gespielt jovial in die Flanke boxte und lachte: „Vorsicht, alter Freund, Förbs, der Gott der Spieler, ist launisch." „Na, verschwinde schon in die Stadt." knurrte der, der Knut genannt wurde. „Und nimm Deine Zwerge mit." „Gnome..." setzte Ambrasuriel an, wurde jedoch umgehend von Gröm und Grauda durch das Tor gezerrt.

„Was war denn das?" fragte Mölf baff, als sie außer Hörreichweite des Stadttores waren. „Und hattest Du nicht Blasen an den Füßen?" Wommel humpelte sofort wieder. Dann erklärte er: „Die Wachen von Fumbelpremm kommen hin und wieder nach Bombelroff, weil es in meinem Städtchen eine größere Spielerszene gibt. Na ja, was soll ich sagen. Ich hatte mir mal gedacht, dass es ja nicht schaden kann, den Anführer der Wachen hier mal gewinnen zu lassen, falls ich mal nach Fumbelpremm komme." Er legte eine bedeutsame Pause ein. „Fürderhin gilt Knut als schlechter Verlierer. Dem Kartenspieler Börks soll er den Arm aus dem Gelenk gedreht haben, heißt es..." Diese Sprache verstanden die Gnome. „Kommen wir zu etwas anderem." meinte der Halbling. „Ihr müsst für mich bezahlen, aufgrund dieser Entführungsgeschichte habe ich keinen Heller bei mir!"

Nach etlichem Zeter und Mordio und umständlichen Hin und Her einigte man sich darauf, dass Mölf *diesmal* die Rechnung für Wommel übernahm. Zukünftige Anschaffungen sollten aber mit Wommels Bezahlung bei der Endabrechnung verrechnet werden. Mölf delegierte das Bezahlen natürlich an Mürbel, denn kein Hauptmann, der etwas auf sich hielt, gab sich mit schnöden Geldgeschäften ab. Und Mürbel war der unter den Gnomen, der am besten

Feilschen konnte. Dass Mürbel die Geldgeschäfte tätigte, merkten wohl auch andere, Außenstehende. Der Gnom nämlich wurde in diesem Moment von einem dürren Lulatsch angerempelt, dessen oben spitzzulaufende Ohren ihn als Elfen auswiesen. Mürbel wollte ihm eine langen, aber der Elf war wie vom Erdboden verschwunden. Zauberei? Der Elf hätte es als natürliches, angeborenes Können bezeichnet. Zauberei war was für Bücherwürmer und Formelfanatiker. Wie auch immer, kurz darauf, als die Zwillinge an einem Stand Schokoäpfel haben wollten, musste Mürbel feststellen, dass seine Geldbörse abhandengekommen war. Er war beklaut worden. *Er!* Dass er den Beutel unter Umständen verloren hatte, nahm keiner der Gruppe an; einer wie Mürbel verlor kein Geld! Der Schuldige war rasch entdeckt. „Wommel, Du Sohn einer Schrathure, gib mir auf der Stelle meinen Geldbeutel zurück!" „Ich wasche meine Hände in Unschuld." begehrte der Beschuldigte auf, was Ambrasuriel zu einem herausgeplärrten „Er will sich auch noch waschen!" nötigte. „Was soll ich Euch Geld klauen, wo Ihr eh für mich bezahlt." suchte Wommel zu beschwichtigen. „Lösen wir es wie Gnome." schlug Urps vor, seinen Streitkolben aus dem Rucksack hervorkramend.

Ein „Frieden, Brüder, Frieden!" kam für die mit sich beschäftigte Reisegruppe so überraschend, dass Urps den solchermaßen Sprechenden fast mit der wuchtigen Waffe umgehauen hätte. Der trotz herumwirbelnder Metallkugel gelassene Sprecher war nichts anderes als eine Art Mönch, inklusive bräunlicher Sandalenlatschen und einer ehemals reinweißen Kutte nebst stilechtem Hanfseil als Gürtelersatz. Ein Mensch mit schütterem angegrautem Haupthaar und einem stoppeligen Drei-, oder Viertagebart. „Ich kam nicht umhin zu vernehmen, dass Ihr ein kleines Diebstahlproblem Euer Eigen nennt." murmelte er, wobei ihm Sabber aus dem rechten Mundwinkel troff, was auf einen eklatanten Mangel an Zähnen zurückzuführen war. „Häh?" meinte Mölf, der sich als Hauptmann genötigt sah, das eben Gesagte zuerst zu kommentieren. „Ich hab gehört, dass man Euch beklaut hat, weil Ihr so rumgebrüllt habt." murrte der Greis. Ausländer – oder, noch schlimmer, Touristen! Der gnomische Hauptmann legte einen erhellten Gesichtsausdruck auf. „Das klärt sich gleich. Wir schütteln den Halbling so lange, bis ihm der Beutel aus seinem Versteck fällt." „Und wenn er nicht der Dieb war?" fragte der alte Mönch. „Dann hat zumindest das Schütteln Spaß gemacht." scherzten die Zwillinge im Duett, bereit, Hand anzulegen. Wommel, der trotz seiner mangelnden Reisetätigkeit welterfahren, oder wenigstens bauernschlau war, reagierte besser: „Du hast also gesehen, wer der Dieb war?" Er nickte, wie ein würdiger Mönch nicken sollte. „Nicht der Halbling?" Mürbel wollte es nicht glauben. Der Mönch schüttelte den Kopf, ein wenig weniger würdevoll. „Es war ein Elf, was sonst." sprach der Mensch, den Finger belehrend gehoben. „Einer dieser besonders lasterhaften Gossenelfen, eine verruchte Bande von Bettlern, Hausierern, unehrlichen Geldwechslern und leidergötter geschickten Beutelschneidern. Sie stellen auch den Bürgermeister von Fumbelpremm." Die Gnome schluckten bitter. „So ist unser Barvermögen verloren." Gegen die Obrigkeit kam man nicht an, nicht in diesem Teil der Welt! „Noch nicht!" strahlte der Mönch. „Zufällig kenne ich eine, die Euch in dieser Angelegenheit helfen kann, kommt nur mit, mein Rat ist kostenlos." „Und umsonst." dachten sich die Gnome, folgten ihm jedoch, weil sie gerade eh nichts Besseres tun konnten. Auch Wommel folgte, einen Hauch misstrauischer als seine „Spießgesellen".

Der Weg führte sie quer durch den Markttrubel, vorbei an Haushaltswaren, Waffen aus dem fernen Tömmel, kandierten Früchten, Palimpsesten und Pamphleten und Grillhähnchen zu einem abseitsstehenden Stand, einem dunkelblauen Zelt, auf das ein minder begabter Künstler gelbe Lodenstoffsterne genäht hatte. Viel Volk war unterwegs, in der Mehrzahl Menschen, doch auch der eine oder andere griesgrämige Zwerg, in dieser Ecke war es aber vergleichsweise still. Es roch geradezu nach Esoterik und dem einfachen Dörper war Esoterik zu hoch und zu geheimnisumwittert. Wommels Misstrauen war in der Sekunde wie weggeblasen, in der er die Inhaberin des mysteriösen Zeltes erblickte: Es war eine waschechte Halblingfrau, knackig anzusehen in ihrem engen himmelblauen Kleid; nur der zylinderähnliche Hut aus schwarzem Filz irritierte. „Das ist die stumme Mirbel!" stellte der Mönch die Standinhaberin vor. Die stumme Mirbel begrüßte sie mit einem wahren Redeschwall und munteren Umarmungen, bevor auch nur einer der Ankömmlinge „Hallo" oder ähnliches hervorzubringen in der Lage war. Wommel wurde am herzlichsten gedrückt – bildete er sich wenigstens ein. „Super, endlich mal wieder jemand, mit dem ich auf Augenhöhe quatschen kann." gluckste die Frau. „Kommt doch rein, macht es Euch auf den Kissen gemütlich. Wollt Ihr Tee? Ich habe acht Sorten. Na, Ihr scheint mir Grünteeliebhaber zu sein. Wartet, ich brühe gleich einen auf. Wollt Ihr Plätzchen? Nein, bitte nicht die violetten essen, die sind für *spezielle* Kunden. Oh weh, jetzt hab ich keinen Zucker im Haus. Trinkt Ihr auch mit Honig, ja? Ich geb jedem von Euch einen Löffel voll, das macht stark und wach. Vorsicht, heiß. Ja, das da hinten ist ein Original-Beschwörungskreis. Nein, völlig ungefährlich. Ich verkauf den nur. Seht Ihr, auf eine Holzplatte gemalt, zum Mitnehmen. Nicht anfassen, Freund, das ist ein Schlangenkorb! Oh, das? Das sind Pillendosen, türkis gegen Verstopfung, weinrot gegen", sie kicherte, „Ihr wisst schon. Oder war es umgekehrt? Ich hab mir das irgendwo notiert. Wo hab ich nur den Zettel? Nein, nicht in dem Schubfach, da sind getrocknete Stierhoden drin. H-o-d-e-n, Ihr glaubt gar nicht, wofür die alles verwendet werden können! Davon kann ich..." Der Greis räusperte sich laut. Gleich war es mucksmäuschenstill.

„Mirbel ist auf eine besondere Weise stumm." Er nieste, denn der Staub, der im Zelt auf allem lag, kitzelte ihn in der Nase. „Sie redet und redet, bis man sie stoppt. Dann *kann* sie für eine nicht näher bestimmte Zeit nicht mehr reden." „Wollen wir hoffen, dass es diesmal lange anhält." ergänzte er in Gedanken. Er und Mirbel kannten sich schon seit Jahren; woher ihre Besonderheit stammte, wusste er aber auch nicht. Ein Fluch vielleicht. Oder mal das Falsche gegessen...

„Mirbel", richtete er seine Worte an sie, „meine Bekannten hier haben ein Problem mit der örtlichen Elfenkommune." Sie machte eine einsteckende Handbewegung. „Genau, Diebstahl. Auf offener Straße." Mirbel schlug die Hände über dem Zylinder zusammen, was sie lange geübt haben musste, und schüttelte gleich darauf die Fäuste drohend Richtung Zeltausgang. Sodann machte sie ein bedauerndes Gesicht und zuckte mit den Achseln. „Ich weiß, dass wir da nichts unternehmen können, meine Liebe", sprach der Mönch, „aber ich habe mich an etwas erinnert. Etwas, das Du im Angebot hast." Sie tippte sich mit dem schlanken Zeigefinger an die Stirn und holte keuchend eine ziemlich große Axt unter einem Stapel Decken hervor, deren Metallteile mit eingeätzten Runen bedeckt waren. „Ich meinte nicht das Schlachtbeil der Rache." musste er sie enttäuschen. „Ich meinte – die *Maschine*!"

Die Gnome und erst recht der Halbling warteten unruhig, was nun kommen mochte. Sie wurden nicht lang auf die Folter gespannt; ein nochmaliges kurzes Suchen und die Halblingfrau stellte ein unscheinbares Kästchen vor sie, aus dessen Seite eine Kurbel ragte. Mirbel schaute triumphierend, die Reisegefährten nicht annähernd. „Und das ist..." entfuhr es Wommel. Das Gesicht Mirbels schien „Ja wisst Ihr denn gar nichts?" zu sagen. Vollkommen unerwartet war es Ambrasuriel, der die Lösung kannte; stolz platzte es aus ihm heraus: „Der Gott aus der Maschine! Ich hätte nie gedacht, dass ich einmal die Chance erhalte, das von so Nahem zu sehen!" Gott aus der Maschine? Plemplem! „Und das ist..." fragte Wommel ein zweites Mal, lauter, deutlicher betont. „Dein kleiner Freund hat schon recht." meinte der Mönch väterlich. „Es handelt sich um den *Gott aus der Maschine.* Das ist die Maschine und der Gott ist derzeit in ihr drin." „Und das bringt uns..." ketzerte der Halbling weiter, dass Mirbel entgeistert mit den Glupschaugen rollte. Ambrasuriels Antlitz nahm etwas Weihevolles an, ja es schien so, als würde er plötzlich von einem überirdischen Leuchten angestrahlt. „Der Gott in der Maschine wird uns unser Geld zurückholen – und noch mehr, wenn wir wollen. Die Elfen mögen mächtig sein, einem Gott aber haben sie nichts entgegenzusetzen!" „Äh, und wie mächtig ist der Gott, wenn er in einer so kleinen Maschine wohnt?" kam es Urps zu fragen. Und die Zwillinge warfen ein: „Um was für einen Gott handelt es sich überhaupt? Und warum sollte er uns einen Dienst erweisen?" „Ungläubige und Phantasielose, ich bin von Ungläubigen und Phantasielosen umgeben." schluchzte Ambrasuriel gekünstelt. Mirbel übte sich derweil wieder im Hände über dem Kopf zusammenschlagen. „Ich glaube, es handelt sich um Stinkel, den Gott der Filzläuse." ließ sich der Menschengreis vernehmen. „Aber das ist völlig gleich, jeder halbwegs Gebildete weiß" - ein strafender Blick auf die Gruppe Kleinwüchsiger -„dass sich der Gott aus der Maschine zu Tode langweilt, weil seine Domäne gar zu eintönig ist, und dass er liebend gern solche kleinen Aufträge ausführt, um mal etwas Lustiges zu erleben. Und Mirbel hier", er deutete auf die Halblingfrau, „wird Euch den Gott liebend gerne kostenlos ausleihen, um den arroganten Elfen eins auszuwischen." Mirbels stiller Protest ging in den Jubelstürmen der Reisegruppe unter. Auch Mürbels Frage, warum der Gott denn überhaupt in einer Maschine steckte.

Minuten darauf – exakte Aussagen waren nicht zu treffen, da es den hiesigen Zivilisationen an genauen Uhren mangelte – saßen Wommel, Mölf, Mürbel, Urps, Gröm, Grauda und der Mönch auf einer vor Passanten relativ gut versteckten Kellertreppe um den Kasten herum. Alle schauten den Menschen auffordernd an. „Na dann mach mal." Der knackte mit den Fingern, tat wichtig, schniefte und erläuterte dann sachlich, dass er solches noch nie getan habe. „Darf ich?" bettelte der noch stehende Ambrasuriel, geradezu siedend heiß darauf bedacht, das Kästchen öffnen zu dürfen. Sein Hauptmann gab sich gönnerhaft. „Mach aber nichts, was ich nicht auch tun würde." Wommel – und nicht nur er – hielt den Atem an. Der Gnom befingerte den Kasten zärtlich, strich über seine glatte Oberfläche und betastete auch die winzige Kurbel, die wie geschaffen für kleine Gnomfinger war. Aber er kurbelte nicht! Er war ja nicht blöd. Öffnen, hatte es geheißen, nicht Kurbeln. Und „Klapp". Wommel wusste nicht, was er eigentlich erwartet hatte; so etwas sicherlich nicht. Oder vielleicht doch? Nein. Kaum war die Klappe aufgeflogen, von neugierigen Gnomenhänden aufgezerrt, da war auch schon ein Männlein in kompletter Garderobe herausgesprungen, glücklicherweise keine überdimensionale Filzlaus. „Ein Kobold?" fiel dem Halbling als Erstes ein. „Kobold?" Das Männlein stampfte wütend mit dem Füßchen auf, das in einem winzigen Schühchen stak. „Ich bin Trumbáruschel, allmächtiger und ewiger Gott der Trünkbalierten!" „Trünkbalierten? Eine Art Alkoholiker?" mutmaßte Ambrasuriel, wieder ganz der Alte, mit seinem Gesicht ganz nah an dem Winzling. Das hätte er bleiben lassen sollen, das und die Bemerkung. Der kleine Gott erwies sich als erstaunlich kräftig, als er die Knollennase des Gnoms mit beiden Händchen packte und wie wild daran zerrte, dass Ambrasuriel vor Schmerzen winselte. Wommel, der sah, dass hier Halblingverstand vonnöten war – langsam kam es ihm, man hatte ihn als „Gehirn" der Truppe engagiert -, verneigte sich tief und flüsterte, teils, weil er von eventuellen Spionen der Elfen nicht gehört werden wollte, teils aber auch, weil er Sorge hatte, dem Kerlchen mit lauteren Worten Schaden zuzufügen: „Vergebt meinem plumpen Gefährten, der so ganz ahnungslos ist. Selbstredend seid Ihr ein gar machtvoller Gott, gepriesen sei Euer Name, äh, Trum, Trumbana, Trumbaral..." „Trumbáruschel!" keifte der Gottespimpf, immerhin den Gnomen loslassend.

Und gleich im Anschluss sanfter: „Habt Ihr ne Nutte da? Ich könnt mal wieder..." „Ich geh dann mal." sprach der Mönch, der bereits die Treppe erklommen hatte und sich daranmachte, um die Ecke zu biegen. Dieser Gott war nicht *sein* Gott. Was jetzt noch kam, ging ihn nichts an. Er hatte alles getan, wozu er in der Lage war, um den Kerls bei der Elfengeschichte zu helfen. Das war seine Rache dafür, dass der elfische Bürgermeister ihm die religiösen Praktiken verboten hatte, wegen „Erregung öffentlichen Ärgernisses". Als ob es pervers wäre, auf dem Marktplatz mit der Unterhose auf dem Kopf auf einem Pfahl zu balancieren und dabei brunftig zu röhren...

Die Gnome taten indessen das, was sie taten, wenn sie nicht weiter wussten, sie hielten Kriegsrat, die Köpfe eng zusammengesteckt; Ambrasuriel rieb sich indes die ganze Zeit über seine arg geschwollene Nase. Wommel dagegen handelte praktischer veranlagt – wieder ein Beweis, wer hier der echte Macher war, für sein Dafür! „Du möchtest sicherlich eine Trünkbalierten-Prostituierte." meinte der Halbling nachdenklich. „Oder kannst Du Deine Größe beliebig verändern?" „Ich bin ein Gott!" polterte der Winzige. „Ähm, ja, ich hätte gerne eine Trünkbalierten-Hure. Es kann auch eine ganz billige sein, wirklich, ich habe keinerlei Ansprüche! Sie kann sogar auf der Brust unbehaart daherkommen und nur einen Kopf haben, kein Thema." „Ah, das macht es für uns leichter."

Nichts machte das! Gott aus der Maschine – Hundsverreck! War der gar ein Hochstapler? In Wommels Erfahrungshorizont kamen weitaus mehr Hochstapler vor als Götter. Eigentlich überhaupt keine Götter; er hatte jedenfalls noch nie einen getroffen, obwohl es Hunderte davon geben sollte, ging es nach den anerkannten – und den noch mehr nicht anerkannten – Religionen. Er stemmte seine Fäuste in die Seiten und bemühte sich streng und gefährlich auszusehen. „Wer sagt denn, dass Du auch *wirklich* ein Gott bist?" Der Winzling war empört, so sehr, dass ihm die Luft wegblieb. DAS hatte noch keiner zu ihm gesagt, Dinge wie „Du bist zu gar nichts gut" oder „Verschwinde wieder in Deine Maschine" häufiger, aber so was nicht! „Ich, ich, ich muss mir das nicht gefallen lassen!" stotterte er zutiefst betroffen. „Ich bin ein Gott – und überhaupt."

„Oh Nein, jetzt schmollt er!" sagte Mölf besorgt; wenn es etwas Göttliches an dem Pimpf gab, dann die Tatsache, dass man ihn nicht zu übersehen vermochte, wenn er schmollte. Er schien mit überirdischer Macht alle Blicke auf sich zu ziehen, wenigstens für einen Moment. „Und wer ist schuld?" brummten Gröm und Grauda synchron. „Ich wars nicht!" betonte Ambrasuriel rasch; doch die Zwillinge hatten schon den Richtigen im Auge. Der Hauptmann hieb seine Faust gegen die Steinwand und bereute es aufgrund deren Härte. „Du stupider Halbling, was hast Du jetzt wieder angestellt?" „Wieder?" zischte Wommel. „Ich will mal Deine Erinnerung auffrischen – Ihr habt mich entführt, Ihr habt mich in Euere Dienste gepresst, Ihr habt Euch bestehlen und bereitwillig von fremden Mönchen anquatschen lassen, Euch hat man diesen „Gott aus der Maschine" angedreht, Ihr seid..." Mölf winkte genervt ab. „Genug, genug." Mürbel zupfte ihn am Ärmel. „Äh, Hallo?" „Was ist denn?" brüllte der Hauptmann. Der Gnom wich ein wenig zurück, zupfte aber fleißig weiter. „Der Gott, äh, der Gott ist weg!" „Gottverdammich." entfuhr es allen im Chor.

Beute satt

Da saßen sie nun, die Imstichgelassenen, schutzlos den fremdländischen Gepflogenheiten ausgeliefert. „Hätten wir unser Geld bloß in Edelsteine angelegt." greinte Ambrasuriel. „Dann hätte man uns die gestohlen!" maulte Urps, der so fertig war, dass er sogar vergaß, den neben ihm Sitzenden zu knuffen. Es war einfach nicht fair! Sie waren die, die andere beklauen wollten, na, auf jeden Fall einen

Drachen. Hey, einen Drachen! Gab es etwas Größeres? Waren sie dadurch nicht *zwangsläufig* die Könige aller Diebe? Mussten ihnen nicht Bewunderung, ja unverhohlene Verehrung anheimfallen? Stattdessen beklaute man *sie*. Mag sein, dass das mit der Bewunderung nicht so funktionierte, weil niemand *wusste*, was sie vorhatten. Mag auch sein, weil sie es eben *vorhatten* und nicht erfolgreich durchgeführt. Mag alles sein; trotzdem war es gemein. Mürbel rollte sogar eine einsame Träne aus dem Auge. „Alle sind sie gegen uns!" wimmerten die Zwillinge; Urps stimmte in das Wimmern ein: „Nirgends sind wir willkommen, ständig heißt es „Verschwindet, Landstreicher sind hier unerwünscht". Überall wirft man uns raus!" „Und diese juckenden Ekzeme am After!" heulte Ambrasuriel. Wommel wich unwillkürlich von ihm ab. Einzig Mölf gab sich unbändig und optimistisch. „Was soll das Gejammer? Sind wir Gnome oder... - sind wir Gnome? Wir gehen stracks zu den Elfen und fordern zurück, was unser ist! Notfalls" - er richtete sich steif auf und wölbte die Heldenbrust - „holen wir es uns mit Gewalt!" „Na, Hurra." dachte sich der Halbling. „Wir", schloss das ihn mit ein? „Wir, die Gnome", oder „Wir alle"? Er hoffte inbrünstig auf das Erste. „Komm, Wommel, wir ziehen in den Krieg!" War ja so was von klar...

Der Kriegszug endete freilich bereits hinter der nächsten Straßenbiegung. Dort rumpelte der heroisch voranstürmende Mölf in eine Patrouille der Stadtwache, die, wie sich zeigte, auf dem Weg zur Gruppe war. „Anwohner haben sich beschwert." sagte der Wachführer, ein muskelbepackter Mensch mittleren Alters, amtlich. „Ihr habt in einem Treppenschacht ungebührlich Lärm gemacht und gegen die Kellertür uriniert." Bei der Erwähnung von Letzterem zog Ambrasuriel instinktiv den Kopf ein, eine Kopfnuss erwartend. Urps hatte allerdings anderes zu tun; er versteckte im Anblick der schwerbewaffneten Wächter fieberhaft seine Messer und Dolche, die er sich für die „Schlacht" bereits bereitgehalten hatte, in seinen extra dafür angefertigten Innentaschen seines Umhangs. Das taten auch die übrigen Gnome. Wommel musste dies nicht, in Ermangelung von adäquater oder auch nur irgendeiner Bewaffnung. „Sind wir jetzt verhaftet?" knurrte der Gnomenhauptmann. Der Mensch lachte auf. „Wir sind doch keine Unmenschen, nicht für solche Bagatellen. Wir geleiten Euch nur zum Stadttor und erteilen Euch Stadtverbot auf Lebenszeit." „Auf Euere oder unsere?" rutschte es Ambrasuriel raus. „Wie bitte?" meinte der Mann, auf dessen Stirn wie von Zauberhand Falten erschienen; zwei andere, der insgesamt sechs Wachleute schoben die Unterkiefer vor und entblößten ihr kräftiges Gebiss. „Ich meine, auf Euere Lebenszeit, oder..." „Wir gehen freiwillig!" beeilte sich Mölf zu beteuern.

Kräftige, hochgewachsene Menschen konnten Gnome ein ganzes Stück weit werfen, das wurde eindrucksvoll unter Beweis gestellt. Wommel, immerhin, durfte die Stadt zu Fuß verlassen, aufrecht, wie ein geborener „Herr", wie er sich einbildete. Wahrscheinlich war er einfach zu schwer, um effektvoll geworfen zu werden. Er war nicht unbedingt fett, man konnte eher von stämmig oder untersetzt sprechen. Gleichwohl wollte man an seiner Wampe seine Kräfte nicht messen; man hätte sich was reißen können. Knut war bei alledem natürlich nicht in der Nähe, um den Söldnern zu erklären, dass er, der Halbling, keineswegs so ein Vagabund war, wie diese Gnome, sondern ein geradezu ehrenwerter Hütchenspieler und quasi Nachbar. Folglich hatte nun auch Wommel Stadtverbot. Na, in dieses Drecksloch zog ihn eh nichts mehr! Höchstens die schnuckelige Halblingdame. Aber auch andere Städte hatten schöne Töchter; und, unter Halblingen, diese Mirbel war schon ziemlich absonderlich.

„Wir kommen mit einem Heer zurück und dann machen wir Euch fertig, Elfendiener!" fluchte der Anführer der Gnome, sich den Straßenstaub aus dem Umhang klopfend. „Und, und wenn wir die Stadt erobert haben und die neuen Herrscher sind, kürzen wir Euer

Gehalt!" drohte Ambrasuriel. Höhnisches Gelächter aus Richtung Stadttor quittierte dies und überhaupt alles, was mit Gnomen zusammenhing.

Die Gruppe stapfte geknickt und gedemütigt von dannen, zu dem Ort, an dem sie die Zauberin zurückgelassen hatten. Die würde ihnen keine Hilfe sein, sie höchstens noch verspotten. Ungerecht, einfach ungerecht!

Wie groß war die Überraschung, als Ganêra sie mit den Worten empfing: „Da seid Ihr ja endlich wieder. Dieser komische Gott ist inzwischen schon wieder über alle Berge." „So ein Winzigkleiner mit Klamotten?" „Er hat Euch einen Haufen Ramsch dagelassen; hat permanent geschimpft, dass er so etwas wie Euch noch nie erlebt habe, obwohl er als Gott schon ewig lebte, und dass er das Alles nur mache, damit er Euch schnell wieder loswerde. Es fielen noch Worte wie „kein Niveau", „meine Nerven, meine Nerven" und irgendwas mit einer Nutte, was ich nicht so recht verstanden habe."

Die Gnome hörten schon gar nicht mehr hin, sie waren, wie konnte es anders auch sein, bei der Erwähnung des Haufen Ramsch losgerannt, sich gegenseitig rempelnd, und hatten umgehend begonnen, den Haufen zu durchwühlen. Wommel hatte ihr als einziger bis zu Ende zugehört und er glaubte einen Hauch Zuneigung in ihrem Blick zu erkennen, den sie ihm dabei zuwarf. „Merkst Du was? Ich bin *anders*, ich habe Kultur, Klasse, bin brillant, sehe echt männlich aus und..." „Meine Geldbörse!" „Und, boah, superscharfe Elfenklingen!" „Ein Kettenhemd aus so total leichtem Material!" „Hey, das Schwert hat angefangen blau zu leuchten!" „Blau zu leuchten?" Der Halbling konnte sich ein Lachen nicht verkneifen. „Das Teil zeigt sicher die Anwesenheit von Dummheit an."

Ganêra wurde urplötzlich sehr nervös, wie Wommel verwundert feststellte. „Besser, wir packen flott zusammen und brechen auf. Bevor die Nacht einbricht!" „Die Nacht?" wunderte sich Mölf, der einen Versuch gestartet hatte, das ultraleichte Kettenhemd *über* sein altes, angerostetes zu ziehen, was irgendwie einen ungelenken Eindruck machte. „Es sind doch noch Stunden hin!" „Und ich muss noch mein Geld zählen, ob auch keine Münze fehlt." motzte Mürbel. „Und Urps will uns nicht die elfischen Kurzschwerter überlassen!" erregten sich die Zwillinge. Urps wollte das so nicht im Raum stehen lassen und setzte zu Widerworten an. Ein vor ihm in den Lehm einschlagender Blitz belehrte ihn eines Besseren. „Jetzt, auf der Stelle, ohne Diskussion!" grollte die Zauberin.

Wie Wommel über die sichtbare Furcht der Zauberin nachdachte, kam auch ihm Furcht, die seinen Puls rasend machte. Was, um alles in der Welt, konnte eine Zauberin fürchten? Eine, die eine Bande Gnome *unter Kontrolle hielt*? Fragen konnte er sie nicht, er hatte ja Mühe, mit ihr Schritt zu halten, so hetzte sie davon. Seltsamerweise schienen die viel kleineren Gnome keine Schwierigkeiten damit zu haben. Sie trugen auch Stiefel, die Knülche! Wenn er jetzt umkehrte, war er in maximal einer dreiviertel Stunde wieder in Bombelroff; man sah sogar noch die Rauchfahne, die praktisch ununterbrochen über der Köhlerei am Ortsrand hing, da hinten, ganz deutlich, bei dem Wäldchen. Und von der Köhlerei waren es nur knapp hundert Schritte bis zur Schenke „Donnerbläh", die seinem Wohnloch gegenüber lag. Typisch für ihn, dass er das in dieser Reihenfolge dachte – zuerst die Schenke, sodann der heimatliche Herd. Ein kühles Lager wäre nicht schlecht, frisch gezapft, der drallen Bömel unter den Rock fassen, ein Würfelspielchen auf die Schnelle, Betrugsvorwürfe, Prügel, Bekanntschaft mit höchstbeamtlichen Knüppeln, Einzelhaft, Brackwasser und Schimmelbrot. Nein danke!

Wommel lächelte zaghaft die ihn anstarrenden Gnome an; er hatte die letzten beiden Worte lauthals geschrien. „Wo sind wir?" blickte er sich verdutzt um. Waren sie nicht eben noch in Sichtweite Fumbelpremms gewesen, unweit Bombelroffs? „Urps, Du zündest ein Lagerfeuer an, Gröm und Grauda, Ihr kocht Bachwasser ab, Du, Mürbel, sammelst weiteres Holz, trocken bitte, und Du,

Ambrasuriel... - ach, vergiss es." - Die grauberobte Frau war anscheinend in ihrem Element, ebenso Mölf, der Hauptmann, dessen Element war, lässig an einem übermannshohen Fels zu lehnen und Maulaffen feilzuhalten. „Was ist das hier?" fragte Wommel, sich weiter umschauend. „Eine Höhle in einer Bergflanke." erläuterte Ganêra seufzend. „Schutz für die Nacht und vor dem Nieselregen!" „Eben waren wir doch noch im Sonnenschein unterwegs." wunderte sich der Halbling. „Du träumst." seufzte die Frau. Wommel schritt auf und ab, mit den Fäusten fuchtelnd. „Was ist das überhaupt für eine Bergflanke und warum riecht es hier nach Bärenpisse?" Ganêra trat an ihn heran und streichelte sanft sein Haar. „Ja, Halblinge sind perfekt darin, unliebsame Ereignisse zu verdrängen, ich weiß. Wir sind den ganzen restlichen Tag stramm marschiert und Du warst permanent in Gedanken oder hast gar während des Laufes gedöst. Manchmal hast Du auch vor Dich hingemurmelt, es klang wie die Bestellungen von riesigen, na ja, Steaks, mit Kartoffelauflauf – und literweise Starkbier kam vor. So Zeug halt. Ehrlich gesagt, hätte ich gedacht, Du wärst verrückt geworden, hätte ich nicht gewusst, wie Ihr Halblinge tickt. Wie gesagt, Verdrängungsmechanismen. Du hast Dich in eine Traumwelt geflüchtet." „Und zu Deiner Frage", grunzte Urps aus dem Hintergrund, „die Berge heißen Störpfel-Gebirge und die natürliche, trockene und absolut sichere Höhle liegt am Hohen Störpfel; um genau zu sein, an der Passstraße. Was die Sache mit der Bärenpisse betrifft – schweigen wir darüber."

Hoher Störpfel, Starkbier, schweigen wir darüber. Nein, Wommel war nicht glücklich. Aber er musste sich wohl fügen; er hatte überhaupt keine Ahnung, wo sich dieses Störpfel-Gebirge befand und zudem nieselte es draußen. Um sich abzulenken, wandte er sich an Mölf, der gerade ein weiteres Mal versuchte, das hauchdünne Kettenhemd über sein altes zu zerren. „Warum ziehst Du das alte nicht vorher aus?" dachte er laut. Der Hauptmann glotzte ihn an, als hätte der Halbling soeben das Merkwürdigste der Welt gesagt. „Ich soll *mein* Kettenhemd ausziehen? Was für eine Idee ist das denn schon wieder? *Mein* Kettenhemd ist mein Rangabzeichen, mein Insignium, oder wie das heißt, mein Kettenhemd macht mich erst zum Hauptmann! Oder siehst Du hier noch einen Gnomen mit Kettenhemd?" Wommel sah sich gezwungen zu verneinen. „Gut, dass Du das einsiehst. Und jetzt stör mich nicht, ich muss versuchen, dieses neue Scheißkettenhemd überzuziehen."

Nachdem die anderen Gnomen geschäftig taten – bis auf Ambrasuriel, aber zu dem wollte sich Wommel nicht gesellen, immer noch der Ekzeme-Geschichte eingedenk – und die Zauberin ihn nur grimmig anfunkelte, er aber nicht im Geringsten Lust verspürte, über seine Situation näher nachzugrübeln, oder gar Gedanken an die Zukunft zu verschwenden, hockte er sich in ein Eck und war gleich darauf eingeschlafen.

Eine weg, ein Neuer da

Tumult weckte ihn unsanft. Er brauchte ein paar Atemzüge, um sich zu orientieren, dann kam ihm die grausame Erinnerung, wo er war, mit wem und warum. Schreie hallten durch die Höhle und es klang fast so, als würde gekämpft! Er sprang sofort auf – und wäre kampfbereit gewesen, hätte er sich nicht den Kopf an einem Felsvorsprung angeschlagen, was ihn wieder niederstreckte. Langsam vermochte er zu verstehen, was da durcheinandergeschrien wurde. „Die Zauberin ist verschwunden!" „Woher weißt Du das?" „Sie lag doch da im Eingang, vom Mondlicht beschienen!" „Was für Mondlicht? Es ist stockfinster!" „Hilfe, mich hat was gebissen! Ach Nein, nur ein spitzer Stein." Konnten Gnome nicht im Dunkeln sehen? Sie konnten nicht. Aber sie konnten im Dunkeln lauthals schreien, und sich so bemerkbar machen, für Suchtrupps, die daran dachten, Laternen mit sich zu führen. „Hat einer Licht?" rief Wommel in das Stimmenwirrwarr; auch Halblinge sahen im Dunkeln nicht die Hand vor Augen. Ruhe trat ein. „Licht! Hab ich doch gleich gesagt." hörte er Mölf sagen. Der Hauptmann kommandierte umgehend: „Urps, mach Licht!"

Während ein „Klack-Klack-Klack" ertönte, hie und da von einem gnomischen Fluch unterbrochen, konnte der Halbling die Zeit nutzen, die sich bildende Beule auf seinem Kopf zu reiben – damit hatte er ja wirklich Erfahrung – und sich zu fragen, was wohl mit dem Lagerfeuer passiert war, das die Gnome doch hatten entzünden sollen. Vor allem aber – und das machte ihm richtig Angst -, wo die Zauberin hin verschwunden war, wenn sie es denn war. Leider war sie es, wie sich offenbarte, als endlich ein Flämmchen aufloderte, mit dem rasch drei dicke Bienenwachskerzen entzündet wurden. Minuten später hatte auch der Letzte Gewissheit. „Sagt mal", fragte Wommel seine Kumpane, „wie habt Ihr das bisher mit den Nachtwachen gelöst?" Die Angesprochenen traten von einem Fuß auf den anderen. „Wir, äh, haben bisher jedes Mal in einer sicheren Herberge übernachtet." hüstelte Mürbel. Der Halbling schwieg dazu. „Lasst uns die Sache systematisch angehen." „Er meint, mit System." dozierte Ambrasuriel, dem aber keiner zuhörte. Alle warteten sie gespannt auf die Einfälle des Halblings. Schließlich war der unter anderem als Kundschafter eingestellt worden. Und Kundschafter waren doch so etwas Ähnliches wie Detektive! „Also." meinte der „Detektiv". Eine bedeutungsschwangere Denkpause schloss sich an; der leider nichts folgte. Die Zwillinge Gröm und Grauda, eifrige Konsumenten von düsteren Abenteuergeschichten, ergriffen beide gleichzeitig das Wort, in jugendlichem Überschwang nicht abwarten könnend, zu welchen durchdachten Einfällen der Kundschafter kam. „Die Zauberin wurde garantiert im Schlaf überwältigt und entführt!" „Wer sollte so etwas tun?" meinte Mölf unsicher.

„Gnome?" schoss es Wommel durch den Kopf. „Grubenorks!" plärrten die beiden Synchronsprecher. Allen rieselte es kalt die Rücken hinunter. „Grubenorks." stöhnte der Hauptmann, sich über den Spitzbart streifend. „Wie sehen diese Ungeheuer aus?" Er blickte fragend in die Runde. „Keine Ahnung." sagte Urps, der besonders intensiv angeschaut worden war, galt er doch in Gnomenkreisen als Monsterkundiger, weil er einmal einen daumendicken Regenwurm gefunden hatte. „Hat je einer von Euch schon einmal so einen Grubenork gesehen, wenigstens ein Bild von einem?" Sechs Augenpaare wurden niedergeschlagen, Gröm und Grauda aber flüsterten: „Das zeugt von ihrer Heimtücke, dass keiner weiß, wie sie aussehen!" „Ist das nicht ein Orkpfeil da?" schrie plötzlich Ambrasuriel, was wieder zu mächtiger Unruhe führte, bis man festzustellen vermochte, dass es nur ein kleiner Ast war, das einzige Stück „trockenes Brennholz", das Mürbel gefunden hatte.

„Freunde", hob der Halbling an, „ohne die Zauberin wird uns die Heldentat nie gelingen! Haben wir nicht scharfe Elfenwaffen erbeutet, sind wir nicht tapfere Recken, bereit, der Fratze des Bösen ins schwarze Angesicht zu spucken?" Was redete er da? Egal – weiter, er war gerade in Fahrt! Nicht nachdenken, Wommel, bloß nicht nachdenken! „Packen wir unsere Waffen fester und ziehen wir los, Ganêra zu befreien, aus schändlicher Orkgewalt. Streiter voran!" ...

„Als Allererstes sollten wir mal die Höhle und die Umgebung absuchen." schlug Mürbel vor. „Genau, vielleicht macht sie bloß Pipi." raunte Urps, dem der Vorschlag besser gefiel, als die irgendwie politisch aalglatte, mit allzu viel Pathos geschmückte Rede des Halblings. Gnome liebten direkte, klare Aussagen, wie „Das ist mein Krug, fass ihn an und es setzt was" oder „Mittagspause".

„Zieht sich Ganêra immer aus, wenn sie Pipi macht?" Ambrasuriel konnte sich nicht erinnern, wann ein Satz von ihm je schon einmal solch eine Aufmerksamkeit erfahren hatte. Tatsächlich, ihre ganzen Kleidungsstücke lagen hinter einem Felsbrocken ziemlich unordentlich aufgehäuft, alles, selbst der Zauberstab! „Sie ist folglich..." „Nackt!" schmetterte Mölf. „Nackt und entführt." die Zwillinge. „Zu den Waffen! Diesen Grubenorks geben wir's!" „Äh, könnte ich auch eine Waffe haben?" bat Wommel.

Wände abklopfen – ein Geheimgang – natürlich! - drücken, pressen, treten – lang vergessene Sprüche in archaischen Sprachen – Gnomenflüche – wieder drücken, pressen, treten. „Unsere Kerzen sind ausgegangen!" wimmerten Gröm und Grauda. „Meine nicht." entgegnete Ambrasuriel. „Und warum ist es dann wieder dunkel?" fragte Mölf ungehalten. Sie waren kein Stückchen vorangekommen – und alle begierig, Ganêra nackt zu sehen, äh, zu befreien. Waren sie so erregt, dass einer jetzt schon Wommel unzüchtig berührte? Der stieß einen spitzen Schrei aus. „Jemand hat mir an den Hintern gefasst!" Ein Licht flammte auf, heller als der Kerzenschein zuvor.

Die ganze Bande, einschließlich Wommel, fuhr herum, die Klingen im Anschlag; den Halbling hatte man mit einem Brotmesser abgespeist, aber das genügte, um ihm einzureden, bewaffnet und mithin ein Kämpfer zu sein. Vor ihnen stand ein fremder Gnom, dessen einziger Besitz eine leuchtende Sturmlaterne war. Richtig gehört; dieser Gnom trug keine Hosen. Und es handelte sich unzweifelhaft um ein männliches Exemplar seiner Spezies. „Hallo." sagte er schüchtern. Die wackeren Krieger senkten ihre Mordwerkzeuge. „Du – bist ein Gnom." analysierte der Hauptmann scharfsinnig. „Fein erraten!" lachte der Fremde, anscheinend rasch Zutrauen zu der Truppe fassend; die Truppe steckte ihrerseits die Klingen ein, bis auf Wommel, der seine wieder bei Urps abgeben musste; Urps hatte eine eindeutige Geste dazu gemacht. „Scheint, Du bist einer vom Stamm der Hosenlosen." sprach Mölf, dessen Scharfsinnigkeit an ihr Ende gelangt war, weshalb er seine Zuflucht in Spekulationen nehmen musste. „Oh, die Hosen." sagte der Neuankömmling, mit einem Ausdruck, als fiele ihm das erst jetzt auf, dass er keine trug. „Hättet Ihr unter Umständen die Güte, mir mit Ersatzhosen auszuhelfen?" „Wir hätten – unter *anderen* Umständen." Das war von Mürbel gekommen, der es einfach nicht einsehen wollte, dass man einem Fremden etwas *aus Güte* von sich überließ, und nicht gegen Bares. „Zuerst verlange ich von Dir Deinen Namen und Deinen Rang zu hören!" befahl der Hauptmann, um wieder die Initiative zurückzuerlangen. Der Fremde gab bereitwillig Auskunft. „Ömpfl mein Name – und mein Rang? Äh, ich hab noch nie irgendwo gedient oder geherrscht." „Was machst Du denn so?" half Wommel den ratlosen Gnomen aus. „Ach, so dies und das. Früher war ich im Einkauf-, Verkaufgeschäft." „Und heute?" Immer noch Wommel; die Gnome hatten all ihr Pulver verschossen, was schlaue Fragen betraf. Wer musste schon mehr als Namen und Rang wissen, hätte Mölf gesagt. „Heute dies und das." kam die für den Halbling unbefriedigende Antwort. „Dies und Das ist ein beliebtes Rätselspiel bei uns Gnomen." erklärten Gröm und Grauda. „Man muss abwechselnd Rätsel lösen und wer als Erster eines nicht löst, hat verloren und muss seinen Einsatz hergeben." Eine Art Spieler also! Der Neue wurde Wommel auf Anhieb sympathisch. „Jetzt gebt dem Kerl schon eine Hose", schimpfte er, „Ihr könnt´s auch mit meinem Lohn am Ende verrechnen." Das zog; Ömpfl vermochte sich im nächsten Augenblick aus drei Angeboten – je eines von Mürbel, Gröm und Grauda, der Rest besaß keine Ersatzhose – die für ihn passendste auswählen. Er wählte die von Mürbel, die am ehesten seiner Statur entsprach. Mürbel war damit zufrieden; er würde dem Halbling siebzehn Kupferheller dafür berechnen und gekostet hatte sie nichts. Er hatte sie an einer Wäscheleine „gefunden".

Als diese Formalitäten geklärt waren, kehrte – zumindest bei Wommel, der Rest verarbeitete noch die neuesten Geschehnisse – die Besorgnis zurück. „Sag mal, Ömpfl, hast Du irgendwo eine nackte Menschenfrau gesehen?" „Davon wüsste ich!" grinste der Gnom. „Oder Grubenorks, hast Du Grubenorks gesehen?" beeilten sich die Zwillinge zu erfragen. „Grubenorks? Kenne ich nicht. Noch

nie von Grubenorks gehört. Wie kommt Ihr auf solche Gestalten?"
Ja, genau, wer war nur auf *so* eine abstruse Idee gekommen... Der
Halbling atmete tief durch. „Es ist nämlich so", intonierte er, „wir
vermissen eine, ähäm, Zauberin." Der Gnom legte tröstend den
Arm auf den Wommels. „Sie wird schon wieder auftauchen, Euere
Zauberin. Zauberinnen haben die Angewohnheit, manchmal zu
verschwinden. Die bleiben nie ewig verschollen." Wommel kniff
die Augen zusammen. „Du scheinst einiges über Zauberinnen zu
wissen, Fremdling!" „Nur, was man sich auf den Straßen erzählt."
winkte der ab. „Wie ich's sagte – sie taucht wieder auf." murmelte
Mölf. „So ist es. Hört auf Eueren Anführer. Ihr hattet doch wirklich
genug Aufregung für diese Nacht; legt Euch hin und schlaft noch
eine Runde bis zum Morgengrauen." Die Gnome sahen sich an. Wo
er recht hatte, hatte er recht! „Äh, Jungs, Jungs?" meinte Wommel,
bass erstaunt. „Toromo Schlafo Schnarchatscho." wisperte Ömpfl.
„Ja, Schlafen, fein." gähnte daraufhin der Halbling.

Waldidylle

„Guten Morgen." flötete Ganêras Stimme; Aufspringen allerorten.
Sie war – Nein, leider angekleidet. Wommel rieb sich den Schlaf aus
den Augen und streckte die müden Glieder. „Wo warst Du denn,
Zauberin?" grummelte er; die Gnome waren weit weniger konflikt-
faul. „Uns im Stich gelassen!" „Wir haben einen Vertrag!" „Nie wieder, ich warne Dich!" „Einen Vertrag, einen Vertrag!" „Uns mit den
abgelegten Kleidern heiß machen und sich dann verstecken!" „Im
Stich gelassen!" Die Frau brachte die zornig Schimpfenden mit einem Wink zum Schweigen; dafür brauchte es keine Magie, die Gnomen kuschten auch ohne bereitwillig. „Ich", sagte sie, „war ein wenig im Mondenschein spazieren, benötigte Ruhe zum Nachdenken.

Etwas Finsteres rührt sich im Osten – aber das soll Euch nicht belasten." „Vielleicht sollten wir auch im Mondenschein nachdenken, Kerls." sprach Mölf, Mürbel kameradschaftlich mit dem Ellenbogen anstoßend. Er kam sich listig dabei vor – und völlig unbelastet. „Daran solltet Ihr nicht einmal denken." grinste Ganêra, so übertrieben freundlich, dass sogar Gnome die Drohung erkannten. Aber, um ganz sicher zu gehen: „Ihr kennt auf jeden Fall die Geschichte vom jungen Schrobbel, dem Gnom, der immer durch Fenster von Kemenaten lugte, wenn sich die Damen gerade umzogen..." Die Gnome schüttelte es. „Eine ganz, ganz üble Geschichte!" schniefte Ambrasuriel und kratzte sich am Allerwertesten. „Wir wollen nicht, dass das einem von Euch passiert, oder?" meinte die Zauberin. „Nie und nimmer!" „Auf keinen Fall!" „Alles, nur das nicht!" „Na dann Themawechsel."

Die Gnome ließen sich wieder zu Boden plumpsen und selbst die Zauberin setzte sich. Wommel nahm neben ihr Platz; er glaubte mittlerweile, sich diesen „Ehrenplatz" verdient zu haben, mit all seinen klugen Ratschlägen und so.

„Ich skizziere Euch nunmehr unseren Weiterweg." sprach die Grauberobte. „Ich nehme an, Ihr habt topographische Grundkenntnisse." Vierzehn ratlose und übernächtigte Augen gafften, als hätte sie Frunschburbsi gesprochen, eine, nebenbei bemerkt, wahrlich komplexe Sprache, die nur aus Vokalen bestand, dafür aber siebenhundert Arten der Betonung kannte; besonders im schwer angetrunkenen Zustand konnte es in ihr leicht zu Missverständnissen kommen. „In Ordnung", sagte Ganêra souverän, „ich laufe voraus und Ihr brav hinterher. Noch Fragen? Keine. Auf, auf, denn!"

Wieder Marschieren, wieder Sonnenschein. Hörte das nie auf? Ein Abenteuererleben könnte so angenehm sein, wenn nicht das ständige Herumlaufen gewesen wäre. Wommel, Wommel, wo soll das bloß hinführen? Nach ein paar schwitzend zurückgelegten Kilometern an den Rand eines dunklen Eichenwaldes. Von der angeblichen

Passstraße hatte der Halbling dagegen nichts, aber auch gar nichts mitbekommen. Genauso wenig, wie von den eindringlichen Ermahnungen der Zauberin, das Verhalten im Wald betreffend. Aber hey, bloß Bäume und Büsche – was sollte da schon schiefgehen? Bäume gab es auch in Bombelroff, man schnitzte da Herzen und diversen Schabernack hinein, benutzte sie als Toilettenersatz, kletterte hinauf, wenn der Schäferhund des Nachbarn einen jagte, sägte Äste ab, um seinen Grill damit zu befeuern – doch, Bäume waren quasi ein Spezialgebiet der Halblinge des Nordens. „Ihr habt Euch alles gemerkt?" fragte Ganêra. „Selbstredend." schallte die vielstimmige Antwort; Wommel wollte da nicht hintenanstehen und fügte noch ein „sogar besonders gut" hinzu. „Oh weh." „Was habt Ihr gesagt, o Zauberin?" „Nichts, gar nichts. Hinein denn, dem Trampelpfad gefolgt, welcher seit Alters her als „Trampelpfad" bekannt ist."

Wer jetzt erwartet hat, dass es im Wald richtig Ärger gab, wurde enttäuscht. Der eine oder andere Gnom riss sich bloß seinen Umhang an dornigen Ranken ein und Wommel trat einmal in einen übel duftenden Haufen – das war das gesamte Unglück des Waldspaziergangs, bis...

...die Abenteurergruppe an einen breiten, schwarzen Fluss kam. Das Hauptübel war dabei, dass die Zauberin schon wieder einmal verschwunden war, auf jeden Fall auf die Schnelle nicht auffindbar; man hielt es damit inzwischen mit erprobter „sie-wird-schon-wieder-auftauchen-Manier", selbst der Halbling, der am Tage keine Muße hatte, sich mit Sorgen zu belasten. So etwas führte zu Magengeschwüren und Migräne, möglicherweise sogar zu Haarausfall an den Füßen!

„Hat die Zauberin etwas bezüglich Flüssen gesagt, oder nur bezüglich des Waldes?" fragte Mölf seine Streiter, zu denen er auch Wommel zählte, wenn es ihm gerade in den Kram passte. „Wir sollen auf den Wegen bleiben und keinen Unrat ins Gebüsch schmeißen." überlegte Mürbel und die Zwillinge wussten zu ergänzen: „Keine

Vögel erschrecken, keine rot schillernden Beeren pflücken – und erst recht nicht essen -, einlullenden Stimmen nicht ins Unterholz folgen." Auch Urps wusste noch etwas beizutragen: „Kein Flusswasser – oh, den Rest hab ich vergessen." „Sie meinte sicher *nicht baden!*" grübelte Ambrasuriel, was in Gnomenohren äußerst überzeugend klang. Wommel konnte das weder dementieren, noch bestätigen. Er konnte jedoch einen Vorschlag unterbreiten, was das weitere Vorgehen betraf. „Die Zauberin wünscht, dass es vorangeht, folglich sollten wir hier nicht untätig rumstehen, sondern unseren Marsch fortsetzen. Ich schlage vor, dass wir mit dieser Fähre da drüben übersetzen." Alle drehten die Köpfe in die angegebene Richtung; ja, eine Fähre, zweifelsohne. Ein breites, stabiles Floß, auf dem zwei kräftige menschliche Staker in erdbraunen Kitteln standen, und eine Hütte am diesseitigen Flussufer, an der ein Schild mit der Aufschrift „Flussfähre" baumelte. Bei der Fähre erlebten die Reisenden allerdings mal wieder eine unangenehme Überraschung. „Drei Heller pro Person?" plärrte Mölf mit rotanlaufendem Kopf. „Das ist Wucher!" kreischte Mürbel, ganz außer sich. „Ein halber Heller, das mag noch angehen!" Der Kassierer, ein behäbig wirkender Gestrüppelf, dessen Bierbauch beim Sesselsitzen unter seiner vor Dekaden modischen lindgrünen Joppe hervorquoll, meinte nur trocken: „Schwimmen kostet nix." Wommel hätte gerne drei Heller berappt, doch wovon nehmen? Nein, Kredit gab der Kassierer nicht. Erst recht nicht einem Abenteurer, der nicht einmal eine Waffe mit sich führte. „Wir weigern uns zu zahlen!" schimpfte Mölf, Worte, die beim Elfen nur ein Achselzucken hervorriefen.

„Kann mich mal dreifach, dieser Sesselpupser." Der Halbling störte den Hauptmann, der gar nicht mehr aufhörte zu schimpfen, nur ungern, doch es musste sein. „Gebt mir doch mal drei Heller, Ihr könnt´s wieder am Ende von meinem Anteil oder Lohn abziehen." „Du willst diesem Aasgeier Geld in den Rachen schmeißen?" Die Gnome spuckten gleichzeitig aus. „Für diese Schmach werden wir Dir am Ende vier Heller abziehen!" knurrte Mürbel. Es ging einfach gegen gnomische Prinzipien: Niemals Steuern, Wegzoll, Brücken- und Fährengebühren bezahlen, und gerne auch die Zeche prellen, wenn gesichert war, dass man damit durchkam. Auch Wommel zahlte so wenig wie möglich; auf der anderen Seite sah er hier keine Alternative. Und wieder war Ganêra nicht da, um zu sehen wie *vernünftig* er war. Ganz im Gegensatz zur Gnomenbande. Und er würde nur *drei* Heller anrechnen lassen!

„Wir werfen ein Lasso über den Fluss, über den Baumstumpf da drüben, binden es an unserem Ufer fest und hangeln uns dann rüber!" „Klasse Vorschlag, Urps, aber wir haben kein Lasso dabei." sagte der Gnomenhauptmann. „Sie suchen ein Lasso?"

Auf der Welt Samroc gab es fahrende Händler, die sich auf genau solche Situationen spezialisiert hatten – dort wie aus dem Nichts aufzutauchen, wo etwas dringend benötigt wurde und nicht anderweitig zu beschaffen war. Wie sie das anstellten, war ihr Geschäftsgeheimnis. Man munkelte etwas von überall im Land verstreuten Zauberkugeln, welche die Gegend nach potentiellen Käufern absuchten und die mit Teleportationszaubern gekoppelt waren, die den Händler im Falle von Käufern automatisch vor Ort erscheinen ließen; dieser fahrende Händler hatte schlicht zufällig in der Nähe der Fähre Rast eingelegt. Es war – schon wieder! - ein Elf, einer von der dritten Sorte, womit das Dreierbündel komplett war: Ein Geckenelf, an der Fasanenfeder am Hut zu erkennen; sonst ein 08-15-Elf, dürr, hochgeschossen, spitzzulaufende Ohren, teures Gewand. „Ein Lasso? Hast Du zufällig eins einstecken?" Die Gnome wagten es kaum zu hoffen. Der elfische Händler schmunzelte; Gnome, genau solche Kunden hatte er sich erhofft. „Da muss ich nachschauen, versprechen kann ich nichts." sagte er. „Oh, bitte, das wäre echt gut!"

Wommel hatte bezahlt und setzte mit der Fähre über, in der Mitte des Floßes sitzend, wo man am wenigsten nass wurde. Er beobachtete, seinen Hinterkopf kratzend, seine Zwangsgefährten, die dem Elfen hinter einen Busch folgten, hinter dem der Unbekannte seinen Eselskarren geparkt hatte. Aus diesem Karren zerrte er lächelnd ein breites Sortiment an Seilen aller Größen, Dicken und Längen, nebst Schaufeln, Spitzhacken, Öllaternen und Wetzsteinen, der Traum eines jeden wandernden Helden. Der Halbling sah Mürbel und den Elfen wild gestikulieren, indes die übrigen Gnomen schweigend umherstanden; er erinnerte sich: Mürbel war der Feilschen-Experte. Die Fähre knirschte ans andere Ufer und Wommel raffte sich auf und schlenderte an Land, den Stakern höflich zunickend. „Hallo, Wommel." „Oh, Hallo, edle Zauberin!" Ganêra stützte sich auf ihren Zauberstab. „Was treiben die Gnome da?" „Sport?" spottete der Halbling. Wommel, Ganêra und die zwei Menschen schauten interessiert der Gnomengruppe zu; selbst der Kassierer riskierte ein Auge. Die Gnome hatten in der Zwischenzeit ein Hanfseil erworben und ein leidlich professionelles Lasso geknüpft.

Es ist ein faszinierender und nicht minder unterhaltsamer Anblick, wenn 90cm-Gnome versuchen, ein sehr, sehr langes Lasso über einen an der schmalsten Stelle noch knapp zehn Meter breiten Fluss zu schmeißen. In diesem Fall fing es schon mal damit an, dass es zwei Gnome brauchte, den Strick überhaupt mal hochzuheben; in Gnomenformat hatte der Geckenelf dann doch kein Seil auf Vorrat gehabt. Aber was so echte Gnome sind, die kaufen dann halt ein anderes, ohne lang zu zögern, oder, das trifft es wohl besser, nachzudenken. „Gröm und Grauda, Ihr macht das! Werft das Lasso wie besprochen!" hatte Mölf kommandiert. Ganêra und Wommel suchten sich derweil einen Logenplatz auf weichen Moospolstern am gegenüberliegenden Ufer, um auch nichts zu verpassen. Bei so einer Show vergaß die Zauberin sogar ihr ansonsten stetes Vorwärtsstreben. „Und hopp!" spornten Mölf, Mürbel und Urps die Zwillinge an; Ambrasuriel dagegen betrachtete den Esel des Händlers und dachte darüber nach wie es wäre, wenn er auf einem solche reiten würde, in schillernder Rüstung, mit einem bunten Büschel auf dem Helm. Der Esel seinerseits dachte sich wahrscheinlich, was das wohl für ein Idiot war, der ihn da versonnen lächelnd anglotzte.

Platsch – und platsch – und platsch... „Ja, weiter, Ihr habt es fast!" Dieser Anfeuerungsruf bewies Mölfs Optimismus; den Zwillingen war es bislang nämlich nur gelungen, das Lasso einen knappen Meter weit von sich entfernt ins träge fließende Gewässer klatschen zu lassen. „Kannst Du nicht etwas Zaubern?" fragte Wommel Ganêra, denn jeder Spaß verlor irgendwann seinen Reiz. „Nein, aber den Pappnasen einen Tipp geben." „Fragt doch mal den Elfen, ob er auch fertig über den Fluss gespannte Seile verkauft!" rief sie hinüber. Weil Gnome nichts von Ironie verstanden, dankten sie artig und taten es. Weiteres, heftiges Gestikulieren am Gnomufer, dann hob der Händler mit Hilfe von Mürbel und Urps eine gewaltige Kiste vom Karren, klappte sie auf und begann etwas zusammenzubasteln. „Was baut er da nur?" murmelte Wommel, der das allzu gern gewusst hätte. „Ich kann auch nichts erkennen." meinte die Zauberin. Beide reckten und streckten sich. Wenig später wussten sie es. „Das ist mal was..." grunzte der Halbling und im gleichen Moment: „Deckung!" Nur wenige Schritte links von ihnen krachte ein mächtiger Wurfanker in einen Baum, schlug unter donnerndem Krachen glatt durch, und die Gnome jubelten und hätten Mützen in die Luft geworfen, wenn sie welche getragen hätten. An dem Wurfanker aber hing ein Seil, das bis über den Fluss reichte! Der Geckenelf lächelte süffisant und zog das Zugsystem der kleinen Belagerungsmaschine fest, die er in überraschend kurzer Zeit zusammengebaut hatte. Gut, dass ihn keiner fragte, woher er diese Kunst beherrschte; er hätte sonst zugeben müssen, dass er bei Schiefer-Zwergen gelernt hatte. Und nicht nur dieses, er besaß auch das zwergische Basteldiplom dritter Klasse – womit er auch nicht hausieren ging, entsprach das doch so in etwa dem Freischwimmerabzeichen für Vorschulkinder. Immerhin, es bescheinigte ihm, sicher mit Hammer und Nagel umgehen zu können, was er gerade bewiesen hatte. Sei es wie es sei, den Gnomen erlaubte dies Kunststück endlich, den Fluss zu überqueren. Wenn, ja wenn...

...sich der dicke Urps nicht als Erster hätte hinüberhangeln sollen, der Gnom, dessen sportliche Betätigung darin bestand, sich morgens zehn Butterbrote zu schmieren. „Achtung, ich falle!" vermochte er noch zu schreien, da war es bereits geschehen: Urps klatschte in die Fluten wie eine Bombe. „Kein Wasser schlucken!" brüllte Ganêra völlig außer sich; sie sprang auf und wollte sich die Robe über den Kopf ziehen, besann sich jedoch rechtzeitig. „Du rettest ihn!" fuhr sie Wommel an, der kreidebleich wurde. „Und halte die Luft an." befahl sie. „*Kein* Wasser schlucken!"

Der Halbling wurde gar nicht gefragt, ob er denn überhaupt schwimmen konnte, sondern von der Zauberin mehr oder weniger ins Wasser gestoßen. Urps konnte ohne Frage nicht schwimmen, er trieb flussabwärts und war so eben mal in der Lage, sich um sich schlagend und prustend an der Wasseroberfläche zu halten; „Hilfe!" vermochte er auch noch zu kreischen. Den Satzteil „ich kann nicht schwimmen" ließ er weg, weil das ja offensichtlich war. Glücklicherweise schwamm Wommel nicht wie ein Fisch – der ja bloß tauchen kann, wobei der Halbling rasch die Orientierung verloren hätte, in der trüben Brühe -, aber annehmbar. Der Elf verkaufte den übrigen Gnomen inzwischen Sicherungsleinen.

Keine Viertelstunde darauf standen alle am jenseitigen Ufer – Nein, nicht alle: Urps lag vollkommen erschöpft danieder; Wommel wrang seine pitschnassen Kleidungsstücke im Stehen aus und Ganêra redete aufgekratzt auf den ebenfalls pitschnassen Gnomen ein. „Wie viel Wasser hast Du geschluckt, Urps, nun rede schon! War es viel? Urps! Urps?" Anstelle einer Antwort hüpfte der urplötzlich auf und flitzte stöhnend hinter den nächsten Busch. Die Zauberin schnaufte tief durch. „Es war *viel* Wasser." „Bei allen

Göttern, was bedeutet das?" fragte Mölf, ernsthaft besorgt. „Und was macht Bruder Urps für seltsame Geräusche in seinem Versteck?" „Dünnschiss." sagte die Frau trocken. „Das Flusswasser ist so verdreckt, dass man geradezu blitzartig Dünnschiss bekommt. Ich schätze, das liegt an der Gerberei flussaufwärts – oder die Zwerge der Schlammgruben haben flussaufwärts ihre einjährige rituelle Waschung durchgeführt." Hinter dem Busch dröhnte, knatterte und ächzte es. „Wie – lange – hält der – Dünnschiss – an?" presste der gepeinigte Gnom mühsam heraus. Ganêra schien konzentriert zu rechnen. „Ich..." hauchte Urps, dann trat tiefste Ruhe ein.

Die Zauberin klärte die Gruppe auf, dass der Gnom nun völlig ausgelaugt sei, dass man so etwas ja hätte erwarten können, wenn man sich die Gnome ansah, und dass ihre dringende Warnung, kein Flusswasser zu schlucken, ja nicht einmal in die Gefahr geraten zu können, solches zu tun, natürlich nicht beachtet worden sei. „Was hat Euch die Überquerung des Flusses nunmehr gekostet?" fragte Ganêra schnippisch. „Ich habe exzellent gefeilscht!" sagte Mürbel. „Vier Heller für das erste Seil, statt fünfeinhalb, siebzehn für das Ausleihen der Wurfmaschine, statt zwanzig, und viermal ein halber Heller statt einem für die Schlaufen zum Festhalten. Bin ich nicht gut?" Und er war tatsächlich stolz auf seine Leistung. „Du bist der Beste." zischte die Zauberin. Sie blickte zum Himmel hinauf; die Sonne war ein ganzes Stück weitergewandert, was ihr erfahrungsgemäß missfiel. „Das haben wir jetzt davon, es wird bald schon wieder Abend! Urps ist nicht einsatzfähig und Ihr seid... - ach, ich mag bald nicht mehr. Ja ja, ich weiß, der Vertrag, der Vertrag! Hört zu – und ganz GENAU." Alle schluckten; Wommel auch, obwohl er sich nicht im Mindesten schuldig fühlte. Hatte er Wasser geschluckt? Nein! Er hatte brav den Mund zu behalten, bei seiner heroischen Rettungsaktion. Wie das Wasser aber auch gestunken hatte, wie Gülle; seine Kleidung würde noch Wochen so miefen...

Der Halbling ließ seine Blicke schweifen und las annähernd interessiert das große Schild an der Hütte der Fährgesellschaft, das von diesem Ufer aus zu sehen war: „Tülf, Waldsitzer in der dritten Generation, ehrlicher Pächter der Flussfähre zum Reißenden Strom – der Pächter übernimmt keine Haftung für Schäden, die im Rahmen des Fährbetriebs auftreten. Fahrpreise: Schwergerüstete und finster blickende Krieger kostenlos, alle anderen drei Heller pro Person. Esel die Hälfte, Pferde das Doppelte. Karren und Kutschen je nach Größe (siehe Tabelle)." Die genannte Tabelle war winzig klein und eng beschrieben, dass Wommel beim besten Willen nichts zu lesen vermochte, wie er sich auch Mühe gab.

„...braucht Urps etwas Festes, Nahrhaftes zu essen und Ruhe. Ich sehe in dem Gesagten deshalb die einzige Möglichkeit. Ich verlasse Euch dann also jetzt wie besprochen bis morgen, das Haus ist ja nicht zu verfehlen. *Und denkt an die Verhaltensweisen!*" Eindringlich gesprochene Wörterfolge einer sich zum Gehen wendenden Zauberkundigen. Kaum war sie weg, fing das Fluchen an. „Ich soll Urps schultern, *ich* der Hauptmann!" stänkerte Mölf. „Ich bin der Stärkste, hat sie gesagt, ich trage die Verantwortung, hat sie gesagt, und ich trage den Ohnmächtigen, hat sie gesagt!" Dem Rest war das nur allzu Recht; man verkniff sich daher jeglichen Kommentar, und das war klug so. In solchen Dingen zeigte sich die gnomische Klugheit, die in anderen Belangen hübsch verborgen blieb. „Wo gehen wir eigentlich hin?" Die Gnom-Bande blickte Wommel strafend an, zumindest teilweise. „Hat da einer nicht aufgepasst?" stichelte Mürbel; die Zwillinge grinsten breit, Mölf hatte es gar nicht gehört, weil er sich abmühte, Urps auf die Schultern zu wuchten, und Ambrasuriel – Ambrasuriel warf kleine Steinchen in den Fluss und freute sich, dass manche von ihnen ein ganzes Stück oben schwammen. „Wir bringen den Bewusstlosen zu irgendeinem Haus." belehrten ihn Gröm und Grauda. „Zu irgendeinem Haus, in dem irgendein komischer Kauz wohnt. Dabei beachten wir irgendwas.

Urps soll in dem Haus abgelegt werden und was Deftiges zu essen erhalten." „Und das Haus liegt...?" fuhr der Halbling fort. Gröm und Grauda deuteten spontan nach links, Mürbel nach rechts. „Immer dem Weg lang!" brummte der Hauptmann. „Ich hab keine Lust, den Kerl durchs Unterholz zu schleppen!" Das war ein Argument; und wie es so schön heißt, „das Glück ist mit den Dummen und Gnomen" - das gesuchte Haus lag *direkt* am Trampelpfad. Warum hätte es auch mitten im Wald liegen sollen? Hieß das doch, die Einkäufe weit tragen zu müssen. Und der Postbote konnte sich verirren.

Die Gnomen rumpelten prompt mitsamt Halbling in das Haus hinein, vorher immerhin „Hallo, wir sind's!" gerufen habend. Die Eingangstüre hatte offen gestanden und die im Garten herumstehenden Tierchen – zwei Hühner, ein Hahn und ein Pony – hatten sie nicht gehindert, einfach hineinzustürmen. „Uff." stöhnte Mölf und wuchtete Urps, der noch immer ohne Bewusstsein war, auf den Tisch in der guten Stube; Mürbel, Gröm und Grauda sahen sich derweil der Vollständigkeit halber im Raum um, das heißt sie durchforsteten Krüge, Kisten und Schubfächer nach „Verwertbarem", will heißen Ess- oder nur Barem. Ambrasuriel testete lieber den in einer Ecke stehenden Schaukelstuhl. Und unser Halbling? Dem war das Getue dann doch peinlich – eher viel zu auffällig und laut – und er beschloss so zu tun, als gehöre er nicht dazu. Wie man das genau machte, wusste er auch nicht, also stand er bloß herum und tat überhaupt nichts, was ihm nicht schwerfiel, war er das doch von zuhause her gewohnt.

„Ich hab eine Salami gefunden!" „Wir... - ach, nichts." „Zeigt doch mal her." „Wir sagten *nichts*!" „Es glänzt ganz schön golden für nichts."

Gerangel hob an; Wommel wurde es zu bunt und er verließ das Haus schnellstmöglich wieder – vielleicht gab es einen Geräteschuppen, den er, hm, nach potentiellen Gefahren durchsuchen konnte. Er war schließlich und endlich als Kundschafter angestellt und musste somit Kunde schaffen, also Nachrichten und Neuigkeiten *beschaffen*. Neuigkeiten. Was wohl seine Kumpels in Bombelroff über all das Neue sagen würden, das er hier in der Fremde erlebte? „Blödmann", würden sie sagen, „Du hast von nichts erzählt, was Du im Dorf nicht auch haben könntest, und das ohne ewig herumlaufen und mit weitaus weniger Stress." In der Tat! „Wommel, das ist *die* Gelegenheit, sich abzusetzen!" durchzuckte ihn der einzig naheliegende Gedanke. „Die Trottel sind mit sich selbst beschäftigt und niemand achtet auf Dich. Allein auf weiter Flur und die Sonne ist inzwischen auch untergegangen, doch ein wunderschöner Vollmond leuchtet Dir den Weg. Besser geht's nicht!" „Hallo, Halbling." „Mist, verdammter. Ömpfl, wo kommst Du denn her? Und diesmal mit Hose?"

Der Gnom strahlte über beide Ohren und nicht nur das, auch seine dem Anschein nach obligatorische Sturmlaterne, das freilich ohne Ohren. „Ich war zufällig in der Gegend und hab Dich gesehen. Da dachte ich mir, den kennst Du doch, den begrüßt Du mal. Nett, nicht?" „Ja, *sehr* nett." grummelte Wommel. „Wollen wir ein wenig spazieren gehen?" fragte Ömpfl freundlich. Der Halbling nickte. „Jetzt ist auch schon alles wurscht."

Sie gingen schweigend über die ziemlich breite Lichtung vor dem Haus, in dem es mittlerweile etwas ruhiger wurde; unter Umständen hatte man sich geeinigt. Unter Umständen aber auch schlicht gegenseitig K.O. geschlagen.

„Ich bin nämlich ein sehr freundlicher Typ." sprach der Gnom, wie zu sich selbst. Dann sah er auf. „Weißt Du, ich bin *wirklich* nett! Nicht zynisch, oder angenervt – völlig ausgeglichen." „Soso." meinte Wommel, den eine gewisse Skepsis ob der Motive des Gnoms befiel. „Du sollst das Wissen, ich mein, dass ich in Wahrheit nett bin!" Der Halbling hüstelte. „Wieso – wann bist Du denn *nicht* nett?" „Och", sagte der Gnom abwinkend, „in meinem *anderen*

Zustand." „Anderer Zustand?" Wommel wurde zum zweiten Mal innerhalb weniger Stunden kreidebleich. Er kannte wirklich extreme Geschichten bezüglich „anderer Zustände"! Ömpfl kicherte plötzlich. „Du hättest Dein Gesicht eben sehen sollen, genial! Nun mach Dir mal keine Sorgen, es ist alles im Lot." Von einer Sekunde auf die andere senkte sich ein düsterer Schleier über sein eben noch strahlendes Antlitz. „Ganz im Gegensatz zum Finsteren, das sich rührt." „Das Finstere? Darüber redet die Zauberin auch häufig. Was sie in diesem Moment wohl macht?" Wommel juckte sich am bartlosen Kinn. „Scheint clever zu sein, diese Zauberin." „Wahrscheinlich." sprach der Halbling; auf jeden Fall erleichtert, dass „alles im Lot war". Dinge wie das „Finstere" waren für ihn zu abstrakt, um als Bedrohung wahrgenommen zu werden. Überhaupt, alle redeten vom „Finsteren" - und? Trieb das Finstere die Steuern ein, verprügelte ihn das Finstere in Bombelroff, schmiss ihm dieses Finstere jetzt, hier, Knüppel zwischen die Beine? Nichts dergleichen. Solange dies Finstere nicht vor ihm stand und ihm die Klinge an die Kehle setzte, konnte es ihn am Allerwertesten. Ist doch wahr! Womöglich wurde dieses Finstere auch noch dazu genutzt, um Kriegssondersteuern zu erlassen, oder ehrbare Burschen in die Miliz zu pressen! Die Obrigkeit war zu allem fähig! Wommel trat einen Steinpilz im hohen Bogen weg. Lug und Trug allerorten, und der kleine Mann war der Dumme. ... „Wommel? Ist Dir nicht gut?" „Können mich mal." maulte der Gefragte. „Vielleicht sollten wir jetzt zu den anderen im Haus gehen." meinte der Gnom in väterlichem Ton; Wommel ließ sich widerstandslos am Arm zurückführen, dabei freilich beständig ungehalten vor sich hin murmelnd.

Der Halbling war allerdings sofort hellwach, als Ömpfl wie am Spieß zu plärren begann – bei der Lautstärke wäre aber selbst ein Siebenschläfer aus dem Winterschlaf gerissen worden. „Wie, wie, was? Du hast, Ihr habt? Seid Ihr des Wahnsinns? Habe ich – hat die

Zauberin Euch nicht ausdrücklich erklärt, wie Ihr Euch zu verhalten habt? Und jetzt wurde... Ich fasse es nicht!"

Da saß er auf dem Tisch, seelenruhig, Urps, in voller Größe, und putzte seinen blutigen Zwergenstreitkolben mit irgendeinem Küchentuch. Schlecht ging es ihm anscheinend nicht mehr, im Gegenteil, er wirkte recht munter. Unter ihm, auf dem Dielenboden, lag ein zusammengesacktes Tier, dessen Schädel irgendwie ungesund aussah, wie mit Wucht von einem Streitkolben getroffen. Das Tier rührte sich nicht mehr. Ömpfl deutete mit aufgerissenem Mund darauf und brachte endlich heraus: „Du – hast – den – *Hausherrn* – erschlagen!" „Hausherr?" sagte Urps mit einer gewissen Verlegenheit. „Ich hatte gedacht, es sei ein Bär." „Ein Bär?" Der Gnom fuchtelte mit seiner Sturmlaterne herum; und noch mal: „Ein *Bär*? Das war ein Mufflon, Du Depp, ein MUFFLON!" Der andere schaute fragend, aber Wommel wusste ihn aufzuklären: „So eine Art Schaf." „Aha." Urps räusperte sich. „Ich hatte mich schon gewundert, warum sich der Bär so zutraulich genähert und dabei gemeckert hat..." Ömpfl schleuderte seine Laterne gegen eine Zimmerwand, wobei die Laterne wie durch ein Wunder heil blieb. Der Gnom schnaufte daraufhin schwer und drehte sich mehrfach um die eigene Achse, wie im Wahn. „Der arme Kerl", schoss es dem Halbling durch den Kopf, „gut, dass er so ausgeglichen ist, sonst könnte noch sonst was passieren." Doch der Aufgeregte regte sich tatsächlich recht schnell ab. „Und wo ist der Rest der Truppe? Nun, wo es Dir besser zu gehen scheint, könntet Ihr ja frisch von der Leber weg weitermarschieren." „Tja, was die Leber betrifft", meinte der dicke Urps stockend, „die Jungs hatten sich gestritten und, äh, dann hat Mölf den Weinvorrat entdeckt und sie haben, äh, na ja, das Übliche."

Wommel schaute interessiert zu, wie Ömpfl die Tischkanten packte und wild daran zu zerren begann. Dann stampfte der Kleinwüchsige auf, hob die geballten Fäuste und entließ einen derben, langgedehnten Fluch, der zudem nicht jugendfrei war. „Fein." sagte er im

Anschluss, ein flatterndes Lächeln auf den Lippen. „Sehr fein. Eine Rast, ja das ist doch prima. Mehr Aufenthalt, wozu die Eile? Der Hort ist doch morgen auch noch da, nicht wahr? Warum nicht gleich erst mal einen Monat Pause machen? Wir haben alle Zeit der Welt! Ja, da nickst Du eifrig, Urps – Pause, das Wort gefällt Dir. Nimm Dir lieber ein Beispiel an Wommel: Der will auch, dass der ganze Blödsinn möglichst bald zu Ende geht! NICHT WAHR?" Der Halbling wich vor dem Schreienden zurück und eilte sich zuzustimmen; wirklich gut, dass der Gnom sich so unter Kontrolle hatte! Und er dachte mit keinem Gedanken darüber nach, woher der fremde Gnom wohl so über ihre Ziele Bescheid wusste. „Ob wir das Mufflon braten könnten, jetzt, wo wir Rast einlegen?" fragte Urps. Anstatt zu Antworten packte Ömpfl den Tierkadaver und schleifte ihn aus dem Haus, irgendwohin, wo ihn Urps nicht mehr in Griffreichweite haben würde. „Komischer Typ, dieser Ömpfl." meinte der auf dem Tisch Sitzende. „Du sagst es." bestätigte Wommel. „Und mit so einer herrischen Art, irgendwie." „Das in der Tat."

Urps aß dann halt von den in Rum eingelegten Früchten, den Bohnen und dem Höhlenkäse, welche er in der Speisekammer des Hauses fand und dankte dem Schicksal, dass der Rest der Gnom-Gruppe zuerst den Wein gefunden hatte. So blieb alles für ihn; der Halbling behauptete, keine Lust auf Essen zu haben. Wahrscheinlich hatte er draußen schon irgendetwas Leckeres gefunden – nahm Urps zumindest an. Wommel war aber tatsächlich nicht hungrig, hatte auf jeden Fall keinen Appetit. Dieses ganze Ungemach schlug ihm doch auf den Magen. Außerdem musste er, wo gerade Ruhe herrschte, an den lodernden Flammenatem eines Drachen denken, und an dessen Riesenklauen und -zähne. Er kauerte dementsprechend blass, mit seinen Zähnen klappernd hinter der Eingangstür und bemühte sich zwanghaft, an gar nichts mehr zu denken. Irgendwann schlief er wieder ein. Und Ömpfl blieb die ganze restliche Nacht weg.

Heiß auf den Hort

„Morgên, Ihr Versager!" schmetterte Ganêra, mitten in der guten Stube des nächtlichen Unterschlupfes stehend, breitbeinig, mit den Händen lustig den Zauberstab wirbelnd, bereit, ihn jemandem auf den Hintern oder gar Schädel zu hauen. Mölf, Mürbel, Gröm, Grauda und Ambrasuriel erhoben sich mühsam verkatert, Urps rülpste und umklammerte seinen angeschwollenen Bauch und Wommel taumelte noch im Halbschlaf auf und nahm automatisch Habachtstellung an, was sehr lächerlich erschien. „Heute ist es endlich soweit!" sprach die Zauberin feierlich. „Im Laufe des Nachmittags werden wir in Sichtweite des Stinkenden Berges kommen." „Was, schon?" entfuhr es Wommel, der auf der Stelle kreidebleich wurde, zum dritten Mal in seinem bisherigen Leben. Er befürchtete, dass das noch ein paar Mal geschehen sollte, bis ihn der Drache dann flambiert hatte. „Selbstredend." lachte Ganêra trocken. „Wir werden schön brav dem Trampelpfad folgen und keine Abstecher in den Wald machen. Täten wir das, würden wir freilich noch ein paar Tage länger brauchen. Aber das will niemand, oder?" Der Halbling sah Hoffnung aufblitzen – ein paar Tage länger leben -, aber im nächsten Moment die blitzenden Augen der Frau; und die blitzten weitaus intensiver als das Fünkchen Hoffnung. „Weich einen Schritt vom Pfad ab und...", schienen sie zu sagen. Die Gnome waren jetzt jedoch Feuer und Flamme, da sie davon ausgingen, im Umfeld des Drachen nicht Feuer und Flamme zu sein – das würde hübsch der Beschaffer abbekommen, wenn denn überhaupt. „Hurra!" krakelten sie, diesmal alle Gnome im Chor, nicht nur die Zwillinge. „Schatz, wir kommen!"

Nachdem sie so kurz vor ihrem Triumph standen, sah Mölf nun auch den Augenblick gekommen: Er zog überstolz ein Stück Pergament unter seinem Kettenhemd hervor. „Die geheime Karte, die uns den geheimen Hintereingang des Berges weist." sagte er, fast im Flüsterton vor Ehrfurcht. Und bevor einer fragen konnte: „Ich habe sie von meinem Cousin Hönks erhalten, der mir Geld geschuldet hatte. Hönks ist ein Feigling, er hätte den Weg zum Hort nie angetreten!" In Wommel keimte Zuversicht auf. „Und über diesen Hintereingang hole ich den Gegenstand, der Deinem Vater gehört hatte und der ihm unrechtmäßig gestohlen worden war." „Äh, ja." sagte der Hauptmann. „Den und – na, was Du halt so tragen kannst." „Und was ist das für ein Gegenstand noch mal?" „Ein – öh..." Mölf dachte angestrengt nach, was er dem Halbling wohl am besten benennen konnte. Ein Ring? Nein, Gnome trugen keine Ringe, bloß Frauen und elfische Geldwechsler. Eine Brosche? Erst recht nicht! Ein Schwert vielleicht, meisterlich gearbeitet, magisch gar? Lieber nicht übertreiben! Hätte er nur jemand anderes als seinen Vater angegeben, den Küchengehilfen zweiter Klasse...

„Es ist – ein verzierter Dolch, mit einem Granat am Knauf, ein Erbstück, von meinem Urgroßvater, der ein ganz Großer war. Papa liebte das Stück." So etwas sollte es doch in einem ordentlichen Hort geben! „In Ordnung." meinte der Halbling. „Wenn ich heimlich hineingelange und das Teil sehe, bringe ich es liebend gerne mit. ... Und nun lass mich die Karte sehen."

Wie recht sie alle gehabt hatten – Wommel hatte das Jagdfieber gepackt; so schnell war es zu einem Stimmungsumschwung gekommen: Eben noch in Todesängsten, nun bereits heiß auf den Hort. „Sollte leicht zu finden sein", äußerte Ambrasuriel, „der Berg ist winzig und das Kreuz an der Stelle des Hintereingangs riesengroß." „Es ist nicht maßstabsgetreu!" knurrte Mürbel, der im Anblick der geheimen Karte aber sonst keine Konsequenzen ob der geäußerten Dummheit zog. „Hm, in der Ostseite. Wenn wir am Abend hinschleichen, befinden wir uns im Schatten des Berges." überlegte Wommel. „Seht Ihr", hörte man Ganêra zischen, „*er* denkt!" Und wie Wommel dachte! „Wenn ich die anderen da, bei dem eingezeichneten Wäldchen warten lasse, könnte ich mich mit der Beute absetzen, bevor... - aber sollte ich sie bescheißen? Wo wir so viel zusammen erlebt haben? Ja." Bei der Zauberin hatte er freilich Skrupel; zum einen natürlich pure Angst vor der unausweichlichen Rache – auf der anderen Seite war ihm Ganêra ein Stück weit *sympathisch*. Wie ein verwandter Geist. Seltsame Sache. Doch er konnte später nachdenken, ob er sie beteiligte. Zunächst... „Was wisst Ihr über den Drachen, diesen Baruff? Sieht er im Dunkeln, wittert er Eindringlinge, schläft er tief, oder wacht er bei jedem Pieps auf, hat er ein Supergehör? Was?" „Ähm", grübelte Mölf, „Urps, Du bist unser Spezialist!" „Ja, also." Der „Spezialist" schniefte. „Es ist, hm, ohne Zweifel ein Drache. Klassisch, gewissermaßen. Ich, hm, schätze mit Flügeln, vier Beinen, einem Kopf – einen Schwanz wird er auch besitzen, und Schuppen überall." Er strahlte plötzlich, weil ihm etwas Maßgebliches einfiel. „Ein extrem gefährliches Ungetüm, eindeutig!" So genau wollte es Wommel gar nicht hören. „Es ist also unabdinglich, von ihm *nicht* bemerkt zu werden." resümierte er. Er knackte mit den Fingern. „Als´ denn, ich bin im Bilde. Das Übrige zeigt sich vor Ort." „Ein Hoch auf unseren Helden!" jubelten Gröm und Grauda, ehrlich begeistert. „Nett, Dich gekannt zu haben." dachte dagegen Ganêra. Die anderen Gruppenmitglieder lagen irgendwo dazwischen.

Die Erlebnisse der letzten Nacht schienen vergessen; alle ohne Ausnahme rafften zusammen, was ihnen gehörte – und ein klein wenig mehr – und standen Minuten darauf gespornt und gestriegelt vor dem Waldhaus – im übertragenen Sinne. Am Rande der Lichtung erhob sich ein frischaufgeschichteter Erdhügel, doch dafür hatte keiner ein Auge. Auch nicht dafür, dass das Pony an diesem Hügel trübsinnig scharrte. „Den Weg entlang, sagt Ihr?" Es war eine rhetorische Frage; man konnte gar nicht so rasch schauen, wie die Gruppe den Pfad schon entlangeilte, allen voraus Wommel. Sie kümmerten sich nicht um die Spinnennetze am Wegrand und nicht um die verlockende Musik, die aus dem Unterholz hervorsäuselte, nicht um die Gestrüppelfen, die Ansichtskarten verkaufen wollten - „Ich war im dunklen Eichenwald und habe die Bäume gesehen" - und sowieso nicht um die Warnhinweise - „letzte Würstchenbude vor dem Ende des Waldes". Auf solche Schilder fielen wirklich nur die Allerdümmsten herein; Ambrasuriel hatten Urps und Mürbel zur Sicherheit ganz festgehalten.

Und da war es, *das Ende des Weges*, beziehungsweise des Waldes. Es war noch nicht einmal Mittag. Vor der Abenteurergruppe tat sich eine gigantische Ebene auf, welche sich hügelig sanft, graswellig und hin und wieder gebüschig bis zum Horizont erstreckte, sich erstreckt hätte, wenn da nicht dieser doch hohe Berg als Sichthindernis mitten drin gewesen wäre, dessen Spitze sogar in den Wolken verschwand. Oder war es Rauch aus den Nüstern des Drachen? Die Zuversicht schwand wieder ein wenig; aber nur ein wenig. So nah war man, man vermochte das Gold sogar bereits zu riechen!

„Guck mal, der Menhir da." Wer wohl, außer Ambrasuriel hatte ihn entdecken können? Alles musterte erregt den Berg, das Ziel ihrer Reise, ihrer Träume, und der „Strahlende Stern des Nordens" fand einen bemoosten Felsen neben dem Pfad, der mit sonderbaren Schriftzeichen bedeckt war, und dem eingemeißelten Gesicht eines Zwerges mit einer Kettenhaube, der gerade auf einen auf dem Rücken liegenden und alle Viere von sich streckenden Drachen spuckte.

„Gedenkstein zum Andenken an die Helden, die im Kampf gegen den Drachen Bararuffkarniebel Munition verschwendeten, ohne zu treffen. [Freilich nicht so lesbar geschrieben, sondern in mysteriösen Zacken, besoffenen Linien und obszönen Gesten.]

Der Zwergenmagistrat vom Stinkenden Berg Anno 107 nGS."

stand da. Warum konnten diese eigenwilligen Zwerge nicht schreiben, wie andere Leute auch? Immer diese Extrawürste! Und warum schrieb man auch noch verständlich darunter, dass das Geschreibsel vom Zwergenmagistrat stammte? Um die zu verhöhnen, die die merkwürdigen Runen nicht zu lesen vermochten? - Was alle außer den Zwergen waren, denn diese Runen waren die zwergische Geheimschrift.

Wommel wusste mit der Datumsangabe nichts anzufangen und Ganêra klärte ihn wohlwollend auf: „Im Jahr Einhundertundsieben nach dem Großen Smielopsch. Der Große Smielopsch war der weltberühmte zwergische Erfinder des Dinkelbieres, welches die Braukunst revolutioniert hat. Die Zwerge benutzen diesen bedeutenden Zeitpunkt als Einschnitt zur Berechnung der Jahre. Für die Zwerge bedeutender Zeitpunkt..." „Aha." sagte Wommel. „Und in welchem Jahr befinden wir uns?" „Im Jahr Einhundertsiebenundachtzig." erklärte die Frau. „Aha." Er wandte sich wieder dem Berg zu. „Nu, dann woll'n wir mal."

„Ist das dort nicht eine Gruppe Schiefer-Zwerge?" Diese Entdeckung schlug ein wie ein Meteorit! Mürbels knubbeliger Gnomenfinger zeigte die Richtung, in die sich schlagartig sieben Köpfe drehten. Mölf zog unwillkürlich seinen Kopf ein. „Still, sonst sehen sie uns!" „Was machen die hier nur?" brabbelte Ambrasuriel nervös. „Was wohl?" wisperten die Zwillinge. „Sie wollen das gleiche wie wir, den Drachenhort berauben! Was sollen sie sonst wollen? Mit dem Drachen Weisheiten austauschen? Pah!" Alle Gnome nickten eifrig. Etwas anderes war überhaupt nicht vorstellbar! Selbst Ganêra wurde von Nervosität gepackt, wie Wommel feststellte, was ihn logischerweise auch zappelig werden ließ. „Da, sie tragen sogar Säcke, um den Schatz wegzutragen!" platzte es aus ihm heraus. Das taten sie; und nicht bloß Säcke, auch Körbe, Netze und Schläuche – sie waren bis zum Bersten beladen. „Idioten." kicherte Urps. „Wie wollen die so bepackt stiften gehen, wenn der Drache hinter ihnen her ist?" „Und völlig unbewaffnet sind sie." grinsten Gröm und Grauda. „Unvorsichtig, sehr unvorsichtig! Und das in unserer heutigen Zeit, mit all den Wegelagerern, Banditen und Steuereintreibern." „Rüstungen haben sie auch nicht an, die laufen wie dämliche Händler herum." amüsierte sich Mürbel. „Wollen wir vielleicht sie die Arbeit machen lassen und ihnen die Beute dann wegnehmen?" schlug Wommel fachmännisch vor. Er hatte seinen „Ruf" nicht dadurch erhalten, dass er unnötige Risiken einging. Unbewaffnete und ungerüstete Zwerge, die zudem vollbeladen waren, zu überfallen, erschien ihm nicht als Risiko – ganz im Gegensatz zum persönlichen Eindringen in das Reich der Riesenreptils, oder was so ein Drache war. „Ehrlos." murmelte Mölf halbherzig. Ganêra aber wollte dem so gar nicht zustimmen. „Auf keinen Fall! Ich habe Euch Trottel doch nicht so weit geleitet, damit dann ein Haufen Zwerge die Sache vermasselt! Diese Trampel dringen nie unauffällig in den Drachenhort ein – sie alarmieren den Drachen und damit sind auch unsere Chancen flöten! Wir müssen uns stattdessen beeilen, um vor dem Zwergenpack da zu sein! Auf, auf!"

Man glaubt es gar nicht, wie flott Gnome und Halblinge unterwegs sein können, wenn sie Ihre Felle wegschwimmen sehen. So flott waren sie, dass ihnen erst am Fuß des Berges kam, dass sie sich alle gar nicht so weit hatten vorwagen wollen! Wozu hatte man den Halbling engagiert? „Deckung, der Drache!" kiekste Ambrasuriel in Panik – es war jedoch ein aufflatternder Rabe, der sie foppte. Der ganze Trupp hatte sich dennoch vorsorglich hingeschmissen, auch und gerade die Zauberin; sie wusste am Ehesten, *wie* kritisch ein Drachenkontakt verlaufen konnte. Angstverzerrte Gesichter, heftig pochende Herzen, schwer keuchender Atem. Erst einmal bessere Deckung suchen! Man kroch emsig hierhin und dorthin, bis alle ein jeweils angemessenes Versteck gefunden hatten. Mölf lag unter einem Felsvorsprung, das neue Kettenhemd zum Schutz über den Kopf gelegt – er hatte es noch immer nicht über sein anderes ziehen können und das praktisch aufgegeben -, Mürbel war in eine Erdkuhle gekrochen und hatte Sand und Geäst über sich geschaufelt, Urps kauerte in einem zum Glück nicht dornigen Busch, Gröm und Grauda hatten sich eine kleine natürliche – und trockene – Höhle als Versteck auserkoren und Ambrasuriel hielt seine Augen ganz fest zu, saß zudem aber auch noch unter einem Bäumchen, dessen Laubwerk ihm leidig Schutz vor Entdeckung bot. Und Ganêra und Wommel? Erstere hatte sich – Puff – mit einem Zauber unsichtbar gemacht, einfach so mit einem Schnipp, und Letzterer? Ja, der hatte es ganz clever angestellt. Er hatte sich *überhaupt nicht* versteckt – denn er nahm an, dass der Drache gerade fest schlafen musste, da direkt vor ihnen, keine zwanzig Schritte entfernt, zwei Zwerge in knöchellangen Schuppenpanzern standen und das Treiben der Ankömmlinge kopfkratzend beobachteten. Die hätten doch sonst nicht so offen herumgestanden, wie auf dem Präsentierteller! Die Kerls machten sich nunmehr auch bemerkbar.

„Hallo, was seid denn Ihr für Spinner?" dröhnte der eine Zwerg mit mächtigem Bass, dass es den Versteckten eisig die Rücken runterrieselte. War der irre geworden, so laut in der Nähe des DRACHEN zu sprechen? Und der Zweite fing auch noch schallend zu lachen an! Waren sie besoffen? Das waren sie garantiert! Diese vermaledeiten Zwerge und ihre Unbeherrschtheit, man roch den Fusel doch kilometerweit gegen den Wind! „Pst, seid doch still!" zischelte Wommel, aufgeregt winkend. Der linke Zwerg stieß den rechten mit dem Ellenbogen an. „Was jetzt wohl Spaßiges kommt?" mochte das heißen. Misstrauisch war keiner von beiden; beide waren sie erfahrene, bestens trainierte Axtkämpfer – und dementsprechend überheblich und sorglos. Der Halbling schlich sich zu ihnen, ständig ängstlich den Himmel nach einem großen Schatten absuchend, der sich glücklicherweise nicht zeigte. Die Gnome dagegen hielten schlicht den Atem an und rührten keinen Finger. Mutig war er schon, der Beschaffer, mutig oder tollkühn.

„Gegrüßt." sagte Wommel leise zu den Gepanzerten, sich jedes Mal schreckhaft duckend, wenn ein unerwartetes Geräusch ertönte, wie das Herabfallen eines Steinchens vom Berghang. Die Zwerge beäugten ihn neugierig. „Ah, ein Brunschpolberter. Lange keinen mehr in dieser Gegend gesehen." basserte der Krieger, der auch zuvor gesprochen hatte; der andere hatte noch nicht mit dem Lachen aufgehört. Wommel lugte an den beiden vorbei – hinter ihnen stand ein kleines Tor offen, das unzweifelhaft der geheime Hintereingang war. Hatten die Zwei den also gefunden? Und geöffnet? Hundsverreck! Wenn die jetzt schon was gestohlen hatten? Aber so, in schwerer Rüstung? Und weshalb lungerten sie dann noch hier herum?

„Ich hab Dich was gefragt!" brummte der Zwerg. Der Halbling hatte es doch glatt vor lauter Nachdenken nicht gehört. „Äh, wie?" fragte er vorsichtig. „Ob Ihr die neue Gauklertruppe seid, die der Burggraf erwartet." Der Zwergenkrieger wurde langsam ungeduldig, auch sein Kumpan stellte das Lachen ein. Auf einmal brüllte er, dass Wommel die Ohren wackelten: „GAUKLERTRUPPE, bist Du schwerhörig?" „Mama!" schluchzten Gröm und Grauda deutlich vernehmbar in ihrem Loch. „Bei dem Lärm muss uns ja der Drache holen kommen!"

Stille; dann: „Drache? Was für ein Drache?" Die Zwerge sahen sich ratlos an. „Na, Bararuff-irgendwas!" entfuhr es dem Halbling. *Der* Drache! Der Drache, der in diesem Berg haust!" „Ach, DER Drache." Beide Gepanzerten grinsten. „Den haben wir doch schon vor über achtzig Jahren kaltgemacht." „Ihr habt *den Drachen getötet?*" Wommel schnappte nach Luft; den Gnomen in ihren „Verstecken" erging es nicht anders. „Den Drachen getötet?" ächzte auch Ganêra, dass der Brummzwerg meinte, es gäbe hier wohl neuerdings ein Echo. „Nun, nicht wir beide." erläuterte der zweite Zwerg, der

bisher geschwiegen hatte. „Es waren tausend unserer Armbrust-
schützen und fünfzig echt große Repetierarmbrüste auf Ochsenkar-
ren – die können echt Wunder wirken!" „Vor allem, wenn der Drache gerade ein Nickerchen macht." ergänzte der erste Krieger etwas
kleinlaut. „Kann auch sein, dass er schon vorher tot war." sprach
der Zweite, seine dicken Finger knetend. „Altersschwäche, oder
so." „Unterernährt wirkte er auch." der Erste. „Eigentlich war es
auch kein klassischer Drache, mehr ein größerer, hm, Wurm." der
Zweite.

„Ihr habt den Drachen getötet." heulte der Halbling außer sich.
„Der ganze Scheiß also umsonst!"

„Äh, könntet Ihr vielleicht einer armen Gruppe friedlicher Wanderer mit gutem Leumund ein wenig von dem Gold aus dem Hort
abgeben?" fragte Mölf die Gepanzerten unterwürfig; er und seine
Jungs hatten sich inzwischen im Halbkreis um die Zwerge versam-
melt. „Gold, Gold, Gold." hallte es von den Felswänden über ihnen.
Dabei blieb es nicht; der ganze Berg schien zu vibrieren und zu zit-
tern, von überall her tönte rhythmisches Stampfen, begleitet von
scharfgebellten Kommandos, Metall schepperte auf Metall und Le-
der knarrte. „Ist das ein gutes Zeichen?" wollte Ambrasuriel wissen.
Gleich darauf wusste er es – eine durchgeladene Armbrust wurde
ihm vor die Nase gehalten und über ein Dutzend verborgener Klap-
pen im Felsen sprangen auf und es schoben sich weitere geladene
Armbrüste heraus, darunter auch eine der echt großen Repetierarmbrüste. „Sie wollen Euch nichts abgeben." interpretierte Ganêra
dies Verhalten richtig. Sie war gerade noch rechtzeitig wieder sicht-
bar geworden, um die Gnome zusammenzutreiben und rasch weg-
zuführen. Hinter ihnen drohten ganze Horden von stahlgerüsteten
Schiefer-Zwergen mit ihren Äxten, Hämmern und Schusswaffen.
Beim Gold hörte der Spaß auf!

Wieder am Waldrand angekommen, brachen die Kleinwüchsigen
zusammen, Wommel, Mölf, Urps..., einfach alle. Sie sanken um, wie

nasse Säcke. „Aus. Alles aus." „Was", schniefte der Halbling, „macht Ihr nun, Jungs?" Die gemeinsam erlittene Niederlage schweißte sichtlich zusammen. Der Hauptmann starrte ins Nichts, meinte aber schließlich: „Ins Heimatdorf zurück, wäre eine Option. Dort läuft noch die Aktion „Unser Dorf soll reicher werden"; dafür brauchen sie immer gewiefte treue Untertanen, die in den Nachbardörfern diesen Reichtum zusammenklauben." Er schaute auf. „Oder etwas ganz anderes, wir lassen uns nicht unterkriegen!" Erneute Stille. „Auf jeden Fall laß ich mir kein veraltetes Pergament mehr andrehen!" schimpfte er trotzig.

Ganêra zupfte den Halbling an der Weste und nahm ihn beiseite. „Sag, willst Du nicht mein Zauberlehrling werden? Du scheinst Potential zu besitzen, die Gewitztheit sicherlich." Wommel hatte da eine andere Frage. „Dieser Ömpfl und Du – Ihr seid doch identisch, oder? Eine Person!" Eine Frage, die die Zauberin gezwungen lächeln ließ. „Es war ein Zauberpatzer." gestand sie im Flüsterton; die Gnome sollten nicht alles mitbekommen. Die lauschten aber nicht, sondern klagten sich lieber gegenseitig ihr Leid. „Dann verwandelst Du Dich jede Nacht in diesen schmächtigen Wicht?" staunte Wommel. Was Ganêras Gesichtszüge kurz zum Entgleisen brachte! „Ich *bin* der Gnom!" keifte sie. „Durch den Patzer werde ich jeden Tag zu dieser zynischen Zauberin! Diese Verantwortung, dieser Dauerstress, diese aufdringlichen Verehrer, diese Spanner – diese elendigen Artgenossen! Alles Mist! Und ich wollte doch bloß *einmal* übernatürliche Körperkraft besitzen, um den bärenstarken Tschölp im Armdrücken zu besiegen! War das zu viel verlangt? Warum muss man dafür einundvierzig Komponenten in Einklang bringen, nur für diesen läppischen Zauberspruch, warum ist es nötig, fünfzehn Strophen fehlerlos zu *singen*, während man auf einem Flaschenhals balanciert, warum muss man Frunschburbsi rückwärts sprechen und dabei mit den Augäpfeln rollen, warum wird man gezwungen, seine..."

Ihr Schimpfen verklang langsam, als Wommel von der Dunkelheit des Eichenwaldes verschluckt wurde.

Epilog

Wommel lehnte sich wohlig grunzend zurück und legte seine großen, schmutzigen Füße auf den Schanktisch, in der Rechten einen vollen Tonkrug Starkbier. Zauberlehrling – was für ein Schwachsinn! „He, Wommel, spielen wir noch eins?" schallte der Ruf zu ihm herüber, auf den er gewartet hatte; er sollte den angebrochenen Abend perfekt machen. Der Halbling zog seine Füße vom Tisch und erhob sich. „Klar doch, allzeit bereit!" Diese Idioten, sie lernten es nie. So stapfte er fröhlich zum Nachbartisch in der Schenke „Donnerbläh", seiner Stammkneipe in Bombelroff; und die Erlebnisse, die erst vier Tage zurücklagen, schienen Jahre her zu sein.

Und unsere Gnomen-Bande? Die hatte sich natürlich wieder aufgerafft, neuen Mut geschöpft – es gab da auch noch alte Rechnungen zu begleichen! Derzeit versuchte Mölf, eine Armee auf Provisionsbasis aufzustellen, mit der sich dieses verruchte Fumbelpremm belagern ließ, oder wenigstens einzuschüchtern. Er hatte den Rauswurf nicht vergessen! Und seine Spießgesellen folgten ihm eifrig und loyal, wie es zu erwarten war; ansonsten hätten sie ja womöglich irgendwo arbeiten gehen müssen, nicht auszudenken!

Tja, und Ganêra-Ömpfl? Wer weiß, was aus dem unechten Paar geworden ist. Gerüchten zufolge will man sie an der Grenze zu Nôrfaruth gesehen haben, andere Gerüchte besagen, der wandelnde Patzer sei nach Westen gegangen, wieder andere reden davon, Ganêra-Ömpfl habe sich in einem Waldhaus zur Ruhe gesetzt, mit einem Pony, zwei Hennen und einem Hahn. Wer weiß. Die Wege der Zauberkundigen sind unerforschlich. Mag sein, dass sich dereinst ein

anderer findet, um Ganêra-Ömpfls Geschichte zu erzählen. *Diese
Geschichte jedenfalls ENDET hier.*

Ende

Glossar:

- Ambrasuriel, strahlender Stern des Nordens: Tollpatschiger Gnom aus der Gnomen-Bande; mit fundierten Kenntnissen über Götter und Sagen (und einem Ekzem am After).
- Bararuffkarniebel, auch schlicht Baruff: Name des Drachen vom Stinkenden Berg.
- Batzen: Währung der Wîgheide, Münzen aus Silber; es gibt nur „1-Batzen-Münzen". Siehe Heller.
- Bombelroff: Eine Halbling-Kommune im Norden Samrocs; Heimat von mehr oder weniger aus der Urheimat geflohenen und / oder verbannten Halblingen; ein größeres Dorf mit großer Spielerszene.
- Bömel, die Dralle: Schankmaid aus Bombelroff; bedient in der Schenke „Donnerbläh".
- Börks: Kartenspieler, dem Knut den Arm aus dem Gelenk gedreht haben soll.
- Brunschpolberter: Halbling-Bezeichnung für ihr Volk.
- Bumbelmost: Billiges alkoholisches Getränk aus Bombelroff; riecht bitter, schmeckt bitter, macht bitter...
- Büttel: Stadt-, bzw. Dorfpolizei in der Wîgheide.
- Bürgermeister: Der Herr von Fumbelpremm, ein Gossenelf; wörtlich zu nehmen, „Meister der Bürger".
- Der junge Schrobbel: Gnom aus einer „ganz, ganz üblen" Gutenachtgeschichte; kleiner Spanner, dem es übel ergeht.
- Die Tödlichen Sechs: Spitzname für die Gnomen-Bande vor dem Stadttor von Fumbelpremm; Erfindung Wommels.
- Donnerbläh: Eine Schenke in Bombelroff.
- Dunkler Eichenwald: Namenloser Wald in der Wîgheide.
- Feldland: Urheimat der Halblinge im warmen Süden Samrocs.

- Förbs: Der Gott der Spieler.
- Frunschburbsi: Komplexe Sprache, die nur aus Vokalen besteht, aber siebenhundert Betonungen kennt; gilt gemeinhin als schwierig. Die Muttersprachler sind wahrscheinlich schon lange ausgestorben...
- Fumbelpremm: Ein befestigter Marktflecken nahe Bombelroff, Heimat von Menschen, Gossenelfen und ein paar griesgrämigen Zwergen. Wird von einem Gossenelfen regiert.
- Ganêra: Tagaktive Zauberin; große Menschenfrau Mitte Dreißig in grauer Magierkleidung inklusive Zauberstab. Begleitet und „beschützt" die Gnomen-Bande aufgrund eines Knebelvertrags.
- Geckenelfen: Eines von drei Elfenvölkern; fahrendes Volk mit der Tendenz wie aus dem Nichts aufzutauchen. An der Fasanenfeder am Hut zu erkennen.
- Gestrüppelfen: Eines von drei Elfenvölkern; waldliebendes Volk mit der Tendenz sich in bequemen Posten festzusetzen. Neigen aufgrund der behäbigen Lebensweise zu Bauchansatz.
- Gnome: Um die 90cm große – oder kleine – Jungs und Mädels mit Spaß am Leben, aber weniger Muße für ein geregeltes Leben. Die Männer tragen gerne Spitzbärte.
- Gnomen-Bande: Die Gruppe um Mölf, den Starken; ein Zusammenschluss von Gnomen ohne feste Anstellung (und ohne Interesse daran); wollen den berühmten Drachenhort vom Stinkenden Berg berauben.
- Gossenelfen: Eines von drei Elfenvölkern; Stadtliebhaber mit der Tendenz wie von Zauberhand zu verschwinden. Berühmte Beutelschneider und politische Machthaber. Daran zu erkennen, dass sie keine besonderen Kennzeichen haben.
- Gott aus der Maschine: „Trumbáruschel, allmächtiger und ewiger Gott der Trünkbalierten"; ein winziges Männlein „in

kompletter Garderobe"; keiner weiß, warum er in der Maschine wohnt. Langweilt sich aufgrund seiner eintönigen „Domäne" und hilft daher gerne Verzweifelten. Sein zweites Laster sind Trünkbalierten-Huren.

- Grauda: Einer der beiden zweieiigen Zwillinge aus der Gnomen-Bande; spricht immer gleichzeitig mit Gröm. „Zu jung für einen Beinamen".
- Gröm: Einer der beiden zweieiigen Zwillinge aus der Gnomen-Bande; spricht immer gleichzeitig mit Grauda. „Zu jung für einen Beinamen".
- Grubenorks: Ungeheuer aus einem der düsteren Abenteuerromane von Gröm und Grauda; es ist ungeklärt, ob sie auch tatsächlich existieren.
- Halblinge: Um die einen Meter große Jungs und Mädels mit stark behaarten Füßen; friedliche Bauern und Handwerker (Feldland) oder missratene Spielernaturen und Prügelknaben (Bombelroff). Nennen sich selbst „Brunschpolberter".
- Heller: Währung der Wîgheide, Münzen aus Kupfer, die als ½, einer, sechs und zwölf Heller geprägt werden; vierundzwanzig Heller ergeben einen Batzen (fragt nicht mich, fragt die elfischen Geldwechsler!).
- Hobbit: Eine Figur aus einem bei den Halblingen beliebten Amüsier-Märchen.
- Hoher Störpfel: Der höchste „Berg" des nach ihm benannten Störpfel-Gebirges.
- Hönks: Cousin von Mölf; hat Mölf anstelle seiner Geldschulden die „geheime Karte zum geheimen Hintereingang im Stinkenden Berg" gegeben. Laut Mölf „Feigling".
- Hûcsgâr: Der Sonnen- & Mondgott; besitzt fanatische Anhänger, die gerne Zauberinnen auf Scheiterhaufen verbrennen.

- Knut: Ein Anführer der menschlichen Stadtwache von Fumbelpremm; Bekannter von Wommel, Gelegenheitsspieler und schlechter Verlierer.
- Mirbel, die Stumme: Halbling-Marktfrau in Fumbelpremm mit großem Sortiment an Esoterik-Produkten; redet entweder wie ein Wasserfall oder überhaupt nicht.
- Mölf, der Starke: Selbsternannter optimistischer Hauptmann der Gnomen-Bande; als einziger im Besitz eines Kettenhemdes.
- Mönch: Ein namentlich nicht genannter alter Mensch in Mönchsklamotten aus Fumbelpremm. Hilft der Gnomen-Bande aufgrund seiner Wut auf den Elfen-Bürgermeister, der ihm die religiösen Übungen verboten hat.
- Mörpf, der Drache: Fiktiver, nichtexistierender Gnom; Spontanerfindung Wommels.
- Mürbel, der Aufrechte: Mit dem Messer geschickter Gnom der Gnomen-Bande, der sich auch aufs Feilschen versteht und daher das Vermögen der Gnomen verwaltet.
- Nôrfaruth: „Ein scheußliches Land, in dem das Böse schlechthin haust"; liegt zwischen der Wîgheide und Feldland. Scheußlich genug, dass Halblinge aus Feldland nicht nach Bombelroff reisen und umgekehrt.
- Ömpfl: Nachtaktiver Gnom mit Sturmlaterne (und sonst nichts).
- Reißender Strom: Arg verdreckter, träge fließender Waldfluss im dunklen Eichenwald.
- Samroc: Der Name der Welt, in der das Abenteuer stattfindet; keiner der Protagonisten weiß, wie groß die Welt ist, welche Form sie hat und was dort eigentlich so genau lebt. Man kann davon ausgehen, dass sie, was sie auch immer ist – Insel, Kontinent, ganzer Planet oder sonst was -, ziemlich umfangreich ist.

- Schiefer-Zwerge: Ein Zwergenstamm, der andere Völker im rechten Umgang mit Werkzeug unterrichtet; ansonsten klassische Zwerge: Um die 1,30 Meter groß, breit gebaut, mit Vollbart und meistens missmutig.
- Schlachtbeil der Rache: Große Axt mit eingeätzten Runen im Angebot von Mirbel, der Stummen.
- Smielopsch, der Große: Zwergischer Braumeister, Erfinder des Dinkelbiers; das Jahr der Erfindung dient als Zeitangabe für die Berechnung der Jahre – z.B. „Jahr 10 nach dem Großen Smielopsch" (exakt „nach der Erfindung des Dinkelbiers durch den Großen Smielopsch").
- Stinkender Berg: Ein einzelner Berg in der Wîgheide, laut Berichten Heimat eines Drachenhortes, leider auch eines Drachen.
- Stinkel: Der Gott der Filzläuse.
- Störpfel-Gebirge: Eigentlich mehr eine Hügellandschaft, denn ein Gebirge; liegt in der Wîgheide. Berühmt für seine „natürlichen, trockenen und absolut sicheren Höhlen".
- Tömmel: Stadt auf Samroc, die für Waffen berühmt ist.
- Trampelpfad: Name des Trampelpfads, der durch den „dunklen Eichenwald" führt, den die Gnomen-Bande durchqueren muss.
- Trumbáruschel: Gott aus der Maschine.
- Trünkbalierte: Unbekannte Spezies, über die der Gott aus der Maschine gebietet, oder die er unter Umständen erschaffen hat. Es kann sich um nichts Großartiges handeln, sonst hätte man schon mal davon gehört.
- Tschölp, der Bärenstarke: Sehr kräftiger Gnom, ein Meister im Armdrücken.
- Tülf: Gestrüppelf; Kassierer und Pächter der Fähre am Reißenden Strom im dunklen Eichenwald; „Waldsitzer in der dritten Generation".

- Umbel, der Fette: Halbling aus Bombelroff, dem Wommel noch drei Silberbatzen schuldet.
- Urps, der Dicke: Gar nicht so dicker Gnom der Gnomen-Bande mit Kenntnissen in der Monsterkunde und im Besitz eines Zwergenstreitkolbens.
- Wîgheide: Der nördliche Teil der Welt Samroc; ähnelt von der Vegetation her unserem irdischen Skandinavien, wenigstens teilweise.
- Wommel: Halbling-Hütchenspieler aus Bombelroff, Abenteurer wider Willen, „Kundschafter und Beschaffer" der Gnomen-Bande.
- Zur großen Zwiebel: Rasthaus an der Marktstraße zwischen Bombelroff und Fumbelpremm; für verwässertes Dünnbier bekannt.
- Zwerge der Schlammgruben: Ein Zwergenstamm, der von den übrigen Zwergen dadurch abweicht, dass er sich einmal im Jahr rituell und kollektiv wäscht.

Bei Tredition sind von Claus Carl Jakob bereits erschienen und überall im Buchhandel – vor Ort wie online – erhältlich oder bestellbar:

- Das Reich der Nekromanten / Krieg im Feenwald
  Zwei Dark Fantasy Erzählungen

- Schwarze Künste
  Eine Erzählung aus dem magischen Mittelalter

- Glück – Eine Geschichte
  Eine Dark Sci-Fi Erzählung

- Orc – moderne Zwergenkunst und andere Verbrechen